사랑의 열매

사랑의 열매

지구촌에 사랑 심은 최재선 주교 이야기

서정심 지음

서교출판사

너희는 온 세상에 가서
모든 피조물에게 복음을 선포하여라
(마르코 16, 15)

유흥식 라자로 추기경 (로마 교황청 성직자부 장관)

서정심 마리아 회장님의 『사랑의 열매』 출간을 온 마음 다해 축하드립니다. 꽃처럼 젊으실 때나 구순하고도 두 해가 넘은 지금이나 하느님을 섬기고 사랑하는 마음은 여전하십니다.

서 마리아 회장님이 살아오신 삶을 보노라면 참으로 성모 마리아를 본받은 삶이었다는 생각을 지울 수 없습니다. 특별히 고(故) 최재선 주교님을 운명적으로 만난 이후 한국외방선교회와 한국외방선교수녀회의 발전을 위해 온 힘과 정성을 다 쏟으셨습니다. 예수님의 사랑을 모르는 세상 사람들에게 '한국인 선교사'를 파견하기 위해 한국외방선교수녀회를 설립해야 한다는 최 주교님의 말씀을 듣고 즉시 "네"라고 응답하셨습니다. 마치 성모님께서 가브리엘 대천사의 말씀을 듣고 응답하신 것처럼….

현재 전 세계 곳곳에서 한국외방선교회의 신부님들, 한국외방선교수녀회의 수녀님들은 매우 열악한 환경에서 착한 목자 예수님을 닮은 모습으로 만나는 이들을 사랑하며 복음의 기쁜 소식을 전하고 있습니다. 우리의 장한 외방선교회의 신부님들과 외방선교수녀회의 수녀님들의 선교 활동은 수많은 회원의 영적·물적 후원과 도움으로 가능했습니다. 특별히 서 마리아 회장님의 헌신적 사랑은 '한국인 선교사'들의 선교 활동이 더 큰 열매를 거둘 수 있도록 크게 이바지했습니다.

서 마리아 회장님의 회고록에는 한국외방선교회·한국외방선교수녀회와 관련한 여러 가지 경험담과 에피소드가 가득 담겨 있습니다. 성정이 온유하셨던 최재선 주교님께서 부활하셔서 지금 우리 곁에 계신 것처럼 느껴지기도 합니다. 당시 최 주교님과 함께 동분서주하셨던 신자들의 모습도 눈에 선합니다.

이 책 『사랑의 열매』가 더 많은 사람들에게 '복음 선
포'가 교회의 으뜸 사명임을 마음 깊이 깨닫는 도구가 되
기를 희망합니다. 프란치스코 성하께서는 복음을 선포하
는 이들을 각별히 사랑하시고 축복해 주십니다.

　『사랑의 열매』를 읽는 분들! 사랑합니다. 고맙습니다.

2024년 3월 19일
복되신 동정 마리아의 배필 성 요셉 대축일에

정두영 보나벤투라 신부(한국외방선교회 총장)

이 책은 올해 92세가 되신 서 마리아 자매님의 신앙 여정 안에서 함께 웃고, 울고, 일하며 이어온 소중한 인연 들을 통해 역사하신 하느님께 대한 감사와 사랑의 고백이 라도 해도 과언이 아니다. 특히 1980년대 중반 최재선 요 한 주교님을 보필해 한국외방선교수녀회 후원회 회장직을 수행해 오면서 아주 가까이서 지켜본 수녀회의 태동과 발 전 과정을 솔직 담백하게 기술한 산 역사이기도 하다.

최재선 주교님께서는 초대 부산교구장직을 내려놓으신

후에, 1975년 한국 천주교 주교회의가 의결한 한국외방선교회의 설립과 운영 책임을 맡아 홀로 전 교구를 찾아다니시며 신학생을 모집하기 시작하셨다. 하지만 1978년 극도로 악화된 건강 상태로 인해 당시 한국외방선교회 총재 겸 청주교구장이셨던 고(故) 정진석 니콜라오 주교님에게 사의를 표하셨고, 정 주교님은 한국외방선교회의 운영 책임을 수원교구장이셨던 고(故) 김남수 안젤로 주교님께 넘기시어 김남수 주교님이 한국외방선교회의 제2대 총재가 되게 하셨다.

이후 최 주교님은 당신이 교구장으로 계셨던 부산교구의 따뜻한 환대 속에 부산으로 돌아가 정착하시게 됐다. 이 귀환이 또 다른 하느님의 섭리였음을 누가 알았겠는가? 보편교회에 봉사하고자 하신 최 주교님의 식지 않은 선교 열정이 1984년 한국외방선교수녀회의 설립으로 이어짐으로써 오묘한 하느님의 섭리가 다시금 드러났다. 건강을 되찾으신 최 주교님께서는 다시금 열정적으로 서울과 부산을 오가며 수녀회 설립을 도울 은인들을 찾기 시작하셨다. 이즈음에 하느님께서 서 마리아 자매님을 보내주셨고, 주교님은 그 자매님을 수녀회 후원회장으로 임명하셨다.

서 마리아 회장님은 주교님과 함께 부산과 서울을 오가

며 수녀회의 설립 취지와 필요성을 알리고 후원회원들을 적극적으로 모집했다. 당시 서울대교구 신학생이었던 아드님은 하느님께 맡겨드리고, 오로지 주교님의 지향을 위해 서울과 부산을 수십 차례 오르내리는 내내 버스와 기차 안에서 묵주기도를 수도 없이 바쳤다. 그 결과 하느님의 은혜로 1986년 부산 진구 범천동에 첫 수녀원을 개원하게 됐고 10명의 첫 입회자를 맞이했다. 1991년 부곡3동 현 부지에 수녀회 본원을 마련해 이주했고, 1995년에 드디어 5명의 첫 종신 서원자가 나왔다. 그 이듬해 대만에 선교 수녀 파견이 있었고, 뒤이어 볼리비아(2003년), 방글라데시(2006), 모잠비크(2014)에 선교 수녀 파견이 이루어짐으로써 보편교회의 사명에 일조하는 명실상부한 한국의 선교 수녀회로서 굳건한 자리매김을 했다.

한국외방선교수녀회가 이만큼 성장하기까지 최 주교님이 힘들고 어려우실 때마다 속마음을 털어놓으시고 도움을 청하셨던 분이 바로 서 마리아 자매님이셨다. 주교님 뜻을 정성을 다해 받들고, 마지막까지 주교님 곁을 지키신 분이셨기에, 인간적으로도 주교님께서 많이 의지하셨던 분이었다.

2008년 최재선 주교님은 하느님께 받은 지상에서의 사명을 충실히 완수하시고 선종하시어 하느님 품에 안기셨다. 96년 동안 하느님의 사제로 살아오시면서 희로애락을 함께해온 수많은 은인을 한 분 한 분 다 기억하고 계시리라 믿는다. 그중에도 한국외방선교수녀회의 초석을 다지는 데 온 힘을 기울여 주교님을 보필하셨던 서 마리아 자매님과의 소중한 인연은 훗날 하늘나라에서도 환하게 빛날 것이다.

고정란 마리휘앗 수녀(한국외방선교수녀회 총장)

'기도하며 일하라'를 평생의 모토로 삼으시며 당신 께서 몸소 삶으로써 보여주셨던 고 최재선 요한 주교님을 저희들의 기억 속에 다시 소환하는 책이 출간됨을 진심으로 축하드립니다.

책 안에서 최재선 주교님의 살아 있는 생생한 소리를 듣는 것 같았습니다. 수도자도 아니면서 청빈에 철저하셨던 당신 삶의 모범과 성당 한쪽 자리에서 늘 무릎을 꿇고 기도하시며 '착한 수녀 돼라' 하시며 말씀하셨던 카랑카랑한 목소리가 그리워집니다.

토막토막 엮어진 이야기들은 마치 다큐멘터리를 보는 듯 실제로 과거 이야기들이 연상돼 단숨에 읽게 됐습니다. 언제나 그렇듯이 창설자가 창설을 준비하고 시작을 할 적에 늘 도움의 손길들이 주어지는데, 서 마리아 어머님의 온전한 봉사와 희생은 저희 '한국외방선교수녀회'를 위한 밑작업이 됐고, 저희들도 이 책을 통해 몰랐던 점을 많이 알게 돼 감동과 감사를 드리게 됩니다. 주교님의 선종 이후에도 지금까지 때만 되면 수녀들 건강을 위해 사용하라고 보내주시는 정성에 늘 감사드리며, 변함없는 마음에 가슴이 뭉클합니다.

주교님께서 돌아가신 지 16년째 되는 해입니다. 저는 당시에 선교지에 있어 공동체와 함께할 수 없었으므로 후에 주교님의 묘지에 가서 뵈었지요. 생전에 마지막으로 뵌 것이 2006년, 처음 나가는 선교지라 걱정이 많으셔서 장상 수녀님 몰래 주시던 달러 봉투(후에 장상 수녀님께 드렸습니다). 외국 나가면 배고프다, 돈이 필요하다 하시며 평소에 그렇게도 아끼며 절약하시던 주교님께서 주시던 큰 금액의 달러…. 잠시 추억에 잠기다 보니 가슴이 먹먹해지며 그분의 깊은 마음을 잠시 헤아려보게 됩니다.

이 책은 참으로 저희에게 소중한 기억을 갖게 하고 그리움을 불러일으킵니다. 주교님이 떠나신 후 자리 잡기에 힘든 시간도 지났지만 이제는 그분이 원하셨던 '받는 교회에서 주는 교회'의 사명에 매진하고 있습니다. 하늘에서도 주님 곁에 계시며 '한국외방선교회'와 '한국외방선교수녀회'를 보고 계시며 기도하시리라 믿습니다.

일생을 주교님과 함께 주님의 뜻을 따라 사신 서 마리아 어머님의 노력에 다시 감사드리며, 이 책을 통해 영적으로 저희가 마지막까지 도움을 받습니다. 주교님과 공동 창설자라고 해도 될 만큼의 그 희생에 감사드립니다. 책을 통해 인생의 마무리를 하시며 모든 것이 주님의 도움과 영광이라며 겸손하게 웃으시는 어머님의 삶에 주님의 은총 가득하시길 기도합니다.

목차

제1부 한국외방선교수녀회 후원회 초석을 놓으며

제2부 최재선 주교님과 한국외방선교회

제3부 나의 삶 나의 신앙

제1부

한국외방선교수녀회
후원회 초석을 놓으며

최재선 주교님과의 첫 만남
– 한두 사람도 좋습니다

       나이를 먹을수록 예전 일들은 점점 더 생각이 나지 않는다. 그러나 아무리 오랜 세월이 흘렀어도 또렷하게 기억나는 일들이 더러 있다. 그만큼 내 인생에서 중요한 순간이었기 때문이다. 내게는 최재선 주교님과의 첫 만남이 그렇다. 마치 어제 일처럼 생생하게 떠오른다.

    최 주교님을 처음 뵌 것은 1986년 서울 동자동에 있는 성분도병원 수녀원에서였다. 평소 알고 지내던 골롬바가 최 주교님을 뵙는데 같이 가자고 해서 여럿이 따라 나선 자리였다. 인자한 할아버지 같은 최 주교님은 따스한 미소로 우리 일행을 맞아주셨다.

"잘 오셨습니다."

최 주교님은 메모가 빽빽한 대학 노트를 펼쳐 보이며 입을 열었다.

"제 이야기 좀 들어 보십시오. 전국의 주교님들에게 외국에 선교하러 나가는 한국외방선교회와 한국외방선교수녀회를 세우겠다고 말씀드리고 이렇게 주교님들의 서명을 받아왔습니다. 옛날에 외국 신부님들이 말도 안 통하는 가난한 우리나라에 오셔서 자기 나라 돈으로 성당 지으시고 밀가루 나눠주며 선교를 하셨습니다. 명동에 있는 가톨릭 회관도 외국에서 모금해서 지은 것입니다.

저는 부산교구에서 성당 36개를 짓고 은퇴했습니다. 사제가 은퇴했다고 가만히 있을 수는 없는 일 아닙니까? 한국 교회가 외국 교회의 원조를 받아 이만큼 성장했으니, 우리도 가난한 외국을 도울 차례라고 생각합니다. 우리도 이제 밥은 먹을 만하니, 우리보다 가난한 나라에 선교 사제와 수녀를 파견해서 그 나라 사람들을 돕고 가르쳐야 하지 않겠습니까? 그러려면 재정적 뒷받침이 절대적으로 필요합니다. 저를 좀 도와주십시오."

그러니까 최 주교님은 자신이 설립한 한국외방선교수녀회를 후원하는 일에 적극적으로 나서줄 이를 찾기 위해

○ 최재선 주교님이 한국외방선교회를 창설할 당시만 해도 외방 선교는 시
  기상조라는 시각이 지배적이었다. 하지만 주교님은 여러 어려움을 극복
  하고 '받는 교회'에서 '나누는 교회'로 전환하는 분기점을 마련했다.

우리를 만난 것이었다. 최 주교님이 한국외방선교회를 세운 것은 1975년이고, 한국외방선교수녀회를 설립한 것은 1986년의 일이다. 내가 최 주교님을 만난 때는 수녀회가 설립된 바로 그 해였다. 그 해 수녀회에 처음으로 19명이 입회했다. 설립 초기였으니 수녀회를 운영하는 데 얼마나 많은 돈이 필요했겠는가. 수녀회에 대한 금전적 지원이 절실한 상황이었다.

최 주교님은 울산에서 태어나 평생 부산에서 사목하셨으므로 서울에는 특별한 연고가 없었다. 그래서 서울에 사는 우리에게 수녀회 설립을 도와달라고 부탁을 한 것이다. 그런데 최 주교님의 간곡한 요청에 선뜻 '그러겠다'고 나서는 이가 없었다. 다들 사정이 여의치 않은 것 같았다. 그래서 내가 나섰다.

"어떻게 하면 될까요?"

"한 사람도 좋고 두 사람도 좋고 사람을 연결해 주십시오. 많으면 많을수록 더 좋습니다. 연결만 해주시면 수녀회 설립을 도와달라는 이야기는 제가 하겠습니다."

당시 나는 이경재 신부님이 운영하는 성라자로마을(경기도 의왕시 소재 한센인 지원시설) 후원회를 담당하고 있었다. 그래서 전적으로 최 주교님을 도와드리기는 힘든 상황이었다. 그래서 좀 더 생각해보겠다고 말씀드렸다. 그랬더니 최 주교님이 나를 붙잡으셨다.

"제가 이경재 신부님한테 잘 말씀드려 양해를 구하겠습니다. 저를 좀 도와주시면 안 되겠습니까? 우리나라가 외국 선교사들의 도움과 하느님 은총으로 이만큼 성장했으니, 받은 만큼 보답해야 하지 않겠습니까?"

나는 최 주교님이 간곡하게 부탁하시는 말씀을 듣자니 마음이 약해져서 "네, 알겠습니다."라고 대답할 수밖에 없었다.

"어떻게 도와드려야 하나…."

큰 걱정을 안고 집으로 돌아왔다.

얼마 후 최 주교님에게서 전화가 걸려왔다.

"마리아 자매님, 제가 지금 성라자로마을에 와 있습니다. 잠깐 오실 수 있는지요?"

"네, 바로 가겠습니다."

나는 전화기를 내려놓고 바로 성라자로마을로 달려갔다. 최 주교님은 이경재 신부님과 함께 계셨다. 주교님이 이 신부님에게 "마리아 자매님이 성라자로마을 일은 그만두고 저를 도와주게 해주시면 안 될까요?"라고 부탁하자,

이 신부님은 흔쾌히 그렇게 하시라고 대답하셨다. 이 신부님의 승낙으로 나는 마음의 짐을 내려놓을 수 있었고, 한국외방선교수녀회를 후원하는 일에 전적으로 매달릴 수 있게 됐다.

일면식도 없던 최 주교님을 처음 만난 자리에서 주교님을 돕겠다고 선뜻 나설 수 있었던 이유를 무엇으로 설명할 수 있을지 모르겠다. 뭔가에 홀렸다고나 할까. 나는 나의 의지라기보다는 성령의 이끄심이라고 믿는다. 하느님은 수많은 사람과 사건을 통해 나에게 할 일을 알려주셨다. 분명한 것은 내가 최 주교님의 부탁에 "네"라고 응답한 것이 내 인생 최고의 은총이 됐다는 사실이다. 그날 이후 최 주교님은 내 신앙의 등불이 돼 주셨고, 한국외방선교수녀회·한국외방선교회를 돕는 일은 내 삶의 가장 큰 축복이 돼 주었다.

한국외방선교수녀회 후원회의 출발

'맨땅에 헤딩한다'는 표현이 있다. 무모한 일에 도전하거나 타인의 도움이나 아는 것 없이 혼자서 어렵게 일해 나가는 것을 비유적으로 이르는 말이다. 한국외방선교수녀회 후원회를 시작하는 내가 딱 그랬다. 아무것도 없는 상태에서 모든 것을 다 준비해야 했다. 지금 생각해보면 그때만 해도 아주 젊은 시절이었다. 그래서 멋모르고 달려들었던 것 같다.

후원회를 꾸리려면 가장 먼저 이끌어갈 회장이 필요했다. 최 주교님의 간곡한 부탁에 응답한 내가 맡는 게 순리

였지만 그럴 수는 없었다. 나는 당시 서울 대신학교를 다니며 사제품을 준비하고 있는 아들(이승훈 바오로)을 둔 엄마였다. 신학생을 아들로 둔 부모가 아니면 이해하기 어렵겠지만, 그 부모로 산다는 것은 여간 힘든 일이 아니다. 다른 어떤 신자들보다 신앙생활에 모범적이어야 했으며, 어떤 모임이나 행사에서도 자신을 드러내는 일은 더더욱 안 되었다. 조금만 잘못해도 신자들의 입방아에 오르내릴 수 있었으므로 매사에 조심 또 조심해야 했다. 그리스도의 종으로서 양떼를 돌보는 목자가 될 아들에게 눈곱만큼이라도 해가 되는 일을 하면 안 되는 '죄인 아닌 죄인'이 바로 신학생 부모였다. 그래서 평소 친분이 있던 박 요한 형제님에게 회장을 맡아줄 것을 부탁했다. 박 회장은 당시 푸른 군대 서울지부장을 맡고 있었다. 나는 부회장을 맡아 실질적인 후원회 일은 내가 다 하기로 약속했다. 계속 부회장으로 활동하다가 회장이 된 것은 아들이 사제품을 받은 1989년 이후였다.

당연한 이야기겠지만 후원회의 가장 큰 일은 회원을 모으는 것이다. 최 주교님에게 후원회원이 돼줄 수 있는 사람이나 모임을 주선하는 것이 발등에 떨어진 불이었다. '궁하면 통한다'고 했던가, 박 요한 회장이 수원교구 하우

○ 한국외방선교수녀회는 현재 전 세계 4개국 5개 교구에서 활동 중이다.
①대만 신쭈교구, ②볼리비아 코차밤바교구, ③볼리비아 오루로교구,
④방글라데시 디나즈풀교구, ⑤모잠비크 리칭가교구

현성당에서 푸른 군대 평신도 피정을 지도한다는 소식을 전해왔다. 그래서 박 요한 회장에게 "그 자리에 최 주교님이 가셔서 후원회 활동을 소개해도 되겠습니까" 하고 물었다. "괜찮다"는 대답이 돌아왔다. 그래서 최 주교님을 모시고 하우현성당으로 달려갔다. 최 주교님이 피정 파견 미사를 집전하시면서 강론을 통해 참석자들에게 갓 설립된 한국외방선교수녀회의 취지를 설명하고 후원회원이 돼줄 것을 요청했다. 당시 후원회 한 구좌는 1000원(매월)이었는데, 꽤 많은 참석자들이 후원회 가입 신청서를 작성했다. 최 주교님의 진정어린 호소가 피정 참석자들의 심금을 울렸던 것이다. 나쁘지 않은 성과에 나는 기분이 좋았다.

첫 성과에 만족하고 있을 수만은 없었다. 후원회원을 한번 모집하고 끝낼 일이 아니었으므로 그런 자리를 지속적으로 마련하는 일이 가장 중요한 과제로 떠올랐다. '다음에는 주교님을 어디로 모실까…' 나는 자나 깨나 그 생각뿐이었다. 멀리서 찾을 게 아니었다. 내가 다니는 둔촌동성당에서 성령 세미나가 열리는데, 마침 그 세미나를 주관하는 둔촌동성당 성령봉사회 회장과 친분이 있었다. 최 주교님께선 기꺼이 시간을 내어주시겠다고 했다. 주교님께 "성령 세미나가 밤에 열리는데, 그 시간에도 괜찮으시겠어요?"라고 여쭸다. "그게 무슨 상관이냐, 고마울 따름이다"
며 좋아하셨다. 거기서는 최 주교님이 미사를 집전하지는
않고 강론만 하셨다. 내 기억에는 성령 세미나 참석자 대
부분이 회원이 돼 주었던 것 같다. 둔촌동성당 성령 세미
나에서의 회원 모집은 인근 천호동성당 성령 세미나와 암
사동성당 성령 세미나로 이어져 갔다.

  본당 차원의 공식적인 행사나 모임에서만 후원회원을
모집한 것은 아니었다. 개인적인 친분이 있는 모임 역시
모집 창구로 적극 활용했다. A성당에 다니는 친한 교우가
있었다. 자기와 친한 성당 친구 10여 명이 모이는 점심 자
리가 있다고 알려줬다. 그 교우에게 "그 모임에 최 주교님
을 모시고 가면 안 되겠냐"고 물었다. 평소 뵙기 어려운 주
교님을 개인적으로 만나는 것이 영광스러워서 그랬는지
"좋다"는 답을 들었다. 우리나라에서 가장 부유한 동네에
사는 교우들은 옷차림부터 고급스러웠다. 서울의 멋쟁이
들은 다 모인 것 같았다. 그러나 기대가 너무 컸던 모양이
다. 최 주교님이 후원회의 취지를 열심히 설명하셨음에도
성과는 그리 좋지 않았다. 부자라고 해서 모두 지갑을 잘
여는 것은 아니라는 것을 새삼 알게 해준 자리였다. 또 다
른 인연으로 찾아간 방배동성당 구역 모임은 기대 이상이

었다. 20여 명이 중국식당에 모였는데, A성당 교우 모임 때와는 달리 후원회비의 단위가 달랐다. 모임마다 분위기가 다 다른 것 같았다.

개인이든, 모임이든, 행사든 후원회 활동에 도움이 되겠다 싶으면 최 주교님과 연결하려고 노심초사했다. 그렇다고 은인들이 기다렸다는 듯이 쉽게 나타날 리 만무하다. 나의 무기는 기도였다. 내가 기도한 만큼 응답이 있을 거라는 확신을 가지고 기도에 매달렸다. 하루에 묵주기도 100단 바치기는 예사였다. 기도하지 않으면 은인이 나타나지 않았다. 오늘 은인을 보내주십사 열심히 기도하다 보면 놀랍게도 은인이 될 만한 누군가가 떠올랐고, 뜻밖의 사람에게서 전화가 걸려왔다. 그리스도인에게 최고의 무기는 역시 기도였다. 그것도 묵주기도. 단언컨대 기도하는데 둘째가라면 서러워할 분 역시 최 주교님이다. 최 주교님과 나는 묵주기도의 힘에 의지하면서 온갖 사람들을 만나며 후원회를 발전시켜 나갔다.

후원회원 모집 활동 추억
– 받는 교회에서 주는 교회로

　　개인적인 인연을 통한 후원회원 모집은 성과도 컸으나 한계가 있을 수밖에 없었다. 내가 사람을 많이 안다고 한들, 결국 한 개인에 불과한 것 아니겠는가. 아무래도 역부족이라는 생각이 들었다. 서울대교구 신자 전체를 대상으로 후원회원을 모집하면 어떨까 하는 아이디어가 떠올랐다. 그래서 주교님께 말씀드렸다.

　　"주교님, 지금 같은 방식으로 해서는 아무래도 수녀회를 지원하는 데는 턱없이 부족할 것 같습니다."
　　"그러면 어떡하면 좋겠습니까?"

"서울 시내에 있는 교구 본당에 후원금 요청 편지를 보내면 어떨까요? 본당에서 기회를 준다면 저희가 가서 후원회 홍보를 하고 가입 신청서를 받겠다고요."

"내가 경상도 출신이라 서울에는 아는 신부님이 거의 없습니다. 요즘 신부님들은 그런 부탁을 잘 안 들어준다고 합디다. 나랑 친분이 있는 신부님이라면 몰라도…."

"후원회 홍보가 잘 되고 안 되고는 하느님한테 맡겨야지요. 서울 본당 신부님들에게 편지를 쓰시는 것이 좋겠습니다."

"그럼, 그렇게 해볼까요?"

그렇게 해서 주교님은 서울대교구 본당 신부님들 모두에게 편지를 쓰셨다. '받는 교회에서 주는 교회가 되기 위해 한국외방선교수녀회를 만들었다. 수녀들이 외국에 나가 가난한 이들을 돕고 선교하는 데는 많은 지원이 필요하다. 본당 신자들에게 그 취지를 전하고 후원회원이 돼달라고 요청하고 싶다. 미사나 강론 시간을 내어준다면 내가 직접 그 뜻을 전할 테니 신부님께서 도와 달라'는 내용의 편지였다.

노력은 배신하지 않는 법이다. 15개 본당에서 후원회원

○ 제2차 바티칸공의회에 참석한 최재선 주교(맨 왼쪽), 노기남 대주교(좌측 세 번째), 교황 바오로 6세(좌측 네 번째), 서정길 대주교(좌측 다섯 번째). 최 주교는 독일 등 부자 나라 주교들에게 한국 교회를 위해 재정적 도움을 요청하였다. 최 주교는 모금 방면에 특별한 능력이 있었다고 한다.

을 모집해도 좋다는 응답을 보내왔다. 주교님과 함께 얼마나 기뻐했는지 모른다. 본당 신자 전체를 대상으로 후원회원을 모집하는 일은 예상보다 무척 힘들고 고달팠다.

성당의 단체나 기관들이 본당에서 후원회원을 모집하는 과정은 대체로 비슷하다. 먼저 후원 요청 단체에서 신자석 전체에 후원회원 가입 신청서와 볼펜을 깔아둔다. 그리고 그 단체의 사제가 토요일과 주일 매 미사를 집전하면서 강론을 통해 신자들에게 후원의 필요성을 설명하고 가입 신청서를 작성하게 한다. 신자들은 미사가 끝나면 퇴장하면서 성전 입구에서 기다리는 후원 단체 관계자들에게 그 신청서를 낸다…. 글로 간단하게 설명하니까 단순해 보이지만 막상 직접 해보면 결코 간단한 일이 아니라는 것을 금방 알게 된다.

가장 힘든 시간은 주일 새벽 미사다. 대개 새벽 6시에 거행되는 미사에 맞춰 준비하려면 성당에는 늦어도 5시 반 전에는 도착해야 하는데, 그러려면 4시에는 일어나 준비하고 집을 나서야 한다. 이른 새벽이라 버스나 전철도 다니지 않는다. 택시를 타야 하는데, 여자 혼자 이른 새벽에 택시를 타는 것도 굉장히 꺼려지는 일이었다. 집에서 후원회 홍보를 하는 성당이 멀 때는 특히나 더 난감했다. 그러나 다른 방법이 없었다. 용기를 내야 했다. 더 큰 문제는 새벽 미사에 다른 회원들은 잘 나오지 않으려는 것이었다. 그러므로 15개 본당 중에서 12개 본당 새벽 미사를 온전히 나 혼자 준비해야 했다. 이른 새벽 성당에 도착하면 아직 문을 열지 않은 곳도 많았다. 한겨울 성당 문 앞에서 떨고 있자니 얼마나 춥던지…. 주변은 새까맣게 어둡고 사람은 한 명도 안 보이고 정말 무서웠다.

성당문이 열리자마자 얼른 들어가 신자석에 볼펜과 가입 신청서를 다 깔고 묵상하다 보면 신자들이 하나둘씩 얼굴을 비춘다. 그러면 성전 입구에서 후원회 어깨띠를 두르고 인사하면서 내가 여기 왜 왔는지를 알렸다. 최 주교님은 미사를 집전하시면서 후원회원이 돼 줄 것을 간곡히 호소하셨다. 미사 시간에 가입 신청서를 작성하는 신자들도 있지만, 미사를 마치고 나와 그때서야 신청서를 쓰는 신자들도 많았다. 특히 연세가 많은 어르신들이 그랬다. 일일이 주소와 전화번호를 물어가며 대신 써줘야 했다. 후원회원이 돼 주겠다는데 그깟 수고가 무슨 대수겠는가. 수녀회를 후원해 주시겠다는 그 마음이 눈물 날 만큼 고마웠다. 힘들면서도 힘이 났다.

추운 새벽부터 고생한다고 본당 수녀님에게 "혼자 애쓰시는 자매님 아침 식사 꼭 좀 챙겨주세요"라며 격려해 주신 신부님도 계셨다. "어떡하죠? 저희는 아침에 밥이 아니라 빵과 커피를 먹는데, 괜찮겠어요?" 이렇게 되묻는 수녀님도 있었다. 찬밥 더운밥 가릴 처지가 아니었다. 얼마나 맛있게 먹었는지 모른다. 내 평생 가장 맛있는 빵과 따뜻한 커피였다. 지금 생각해도 너무나 고마웠던 신부님과 수녀님이다.

새벽 미사 이후 나머지 미사들은 다른 회원들과 함께 준비했다. 오전 9시 미사, 11시 교중 미사, 오후 7시 저녁 미사…. 매 미사 때마다 같은 일을 반복했는데, 여간 힘든 게 아니었다. 미사가 끝날 때마다 몰려드는 가입 신청서를 접수하느라 혼이 나갈 지경이었다. 교중 미사를 마치고 저녁 미사를 준비하는 사이에는 시간이 좀 남았다. 새벽부터 설쳐댔으니 얼마나 피곤했겠는가. 성당에는 마땅히 휴식을 취할 공간도 없었다. 그러니 쉬어도 쉰 것 같지 않았다. 저녁 미사까지 마치고 나면 온몸이 파김치가 되고는 했다.

그 모든 고생을 감수하고 피곤을 잊게 해줬던 것이 신자들의 가입 신청서였다. 최 주교님의 강론을 듣고 감동을 받아 후원회원이 돼 준 수많은 신자들…. 가입 신청서를 낸 이들 중에는 사는 게 여유 있는 신자들보다는 그렇지 않은 신자들이 더 많은 듯했다. 눈물 나게 고마운 분들이었다. 그분들의 정성과 사랑을 어찌 잊을 수 있겠는가.

요즘도 나는 묵주기도를 바칠 때마다 그분들을 기억하고 그분들의 영육 간의 건강을 기원하고 있다. 세상을 떠난 분들도 많다. 그런 분들이 하느님 품에서 안식을 누리기를 기도하고 있다. 오늘의 후원회가 있도록 밑거름이 돼 준 그분들에게 다시 한번 고마움을 전한다.

최 주교님과 은인들을 잇는 다리가 되어

어떤 모임이든지 중심이 되는 것은 역시 사람이다. 너무나 당연한 이야기지만 단체가 활성화되려면 모임에 참여하는 사람이 많아야 한다. 재정적 지원을 위해 결성된 후원회라면 더더욱 그렇다. 회원이 많아질수록 회비가 많이 걷히고 그래야 후원회가 발전하지 않겠는가.

후원회가 커지면서 매월 한 차례 명동성당에서 최재선 주교님을 모시고 후원회 월례미사를 봉헌하게 되었다. 기왕이면 매번 회원이 늘어난 모습을 주교님께 보여드리고 싶었다. 매일 기도 중에 "성모님, 이번 달은 어떻게 또 하지요?" 여쭈며 응석부리듯 성모님께 매달렸다. 성모님은 간절한 기도를 외면하지 않으시는 분이다. 후원회원으로 모시고 싶은 분들이 하나둘 머릿속에 떠올랐다. 산책을 하다가도 그런 사람이 떠오르면 곧장 달려가 전화통을 붙잡았다. "후원회 미사에 꼭 좀 같이 가자." "부탁이야. 도와 줘." 있는 애교, 없는 애교 다 떨었던 것 같다. 속된 말로 꼬드긴 셈이었다. 그만큼 나는 절실했다.

상대방이 긍정적 반응을 보이면 월례미사에 나오게 했고, 주교님께 인사시켜 드렸다. 최 주교님을 직접 만난 분들은 대부분 주교님의 따뜻한 인품과 깊은 신앙에 반해 기꺼이 후원회원이 돼 주었다. 그렇게 새로 회원이 된 분들은 또 새끼(?)를 쳤다. 자기와 친한 교우를 월례미사에 데리고 나오는 일이 많아졌다. 나는 후원회원들에게 한 달에 서너 번씩 전화해서 월례미사에 꼭 참석할 것을 부탁하고는 했다.

그렇게 매일 묵주기도를 바치면서 어떻게 하면 한 명이라도 더 늘릴까 고민에 고민을 거듭했다. 후원회원을 늘리는 것이 최 주교님을 돕는 것이고, 최 주교님을 돕는 것은 한국외방선교수녀회를 돕는 것이고, 수녀회를 돕는 것은 가난한 나라에 그리스도의 복음을 전하는 선교 사명을

○ "최 주교님을 도우면 하느님의 은총을 받을 거야"라는 말을 입에 달
고 살았다. 하느님의 영광을 위해 자신의 모든 것을 바치는 최 주교님
과 함께하면서 나는 수시로 하느님을 체험하는 산 증인이 되었다.

다하는 것이라는 확고한 믿음을 갖고 있었다. "최 주교님을 도우면 하느님의 은총을 받을 거야"라는 말을 입에 달고 살았다. 하느님의 영광을 위해 자신의 모든 것을 바치는 최 주교님과 함께하면서 나는 수시로 하느님을 체험하는 산 증인이 되었다. 그래서 용기를 낼 수 있었고, 사람들에게 진정성 있게 다가가 후원회원이 돼달라고 부탁할 수 있었다. 그런 자세가 후원회를 성장시키는 디딤돌 역할을 할 수 있지 않았을까 싶다.

그러나 용기를 내어 진실한 마음으로 다가갈 수 있었던 것도 결국은 성령께서 하신 일이었다. 성령의 도우심 없이 나만의 힘으로 무슨 일을 할 수 있단 말인가. 열심히 기도하면서 후원회를 위해 정성을 다하는 모습을 성모님께서 기특하게 봐 주신 게 아니었을까 하는 생각을 해본다.

내가 최 주교님과 연결해준 사람은 과연 몇 명이나 될까? 따로 기록하지는 않아 잘 모르겠지만, 일일이 셀 수 없을 만큼 많다는 것은 분명하다. 매달 후원회비를 내는 회원도 회원이지만 이런저런 이유로 후원회와 인연이 돼 큰 힘이 돼준 분들도 무척 많다. 이름을 구체적으로 거론하는 것은 예의가 아닌 것 같아 일일이 거명하지는 않겠지만, 사회 저명인사들도 적지 않다. 2024년 작고한 김영삼 전

대통령 부인 손명순 여사님을 지인(이선희 마리아 자매님)을 통해 최주교님께 연결해 드린 적이 있고, 그래서 최 주교님이 계시는 부산 지역 국회의원 부인들도 크고 작은 후원을 아끼지 않았다. 후원회 활동을 해본 분이라면 잘 알겠지만 아무래도 유력 인사들에게 관심을 가지게 마련이다. 그들의 사회적 영향력, 금전적 지원이 큰 도움이 될 수 있어서다. 음으로 양으로 후원회에 관심과 성원을 아끼지 않은 그분들에게 감사를 전하며 하느님의 축복을 빈다.

최 주교님과 함께 많은 은인들을 만났다. 문득 SBS 윤세영 사장님이 떠오른다. 최 주교님을 모시고 여의도에 있는 SBS로 찾아뵈었는데, 반갑게 맞아주셨다. 최 주교님과 말씀을 나눈 윤 사장님이 "주교님은 사업을 하셨으면 크게 성공하셨겠습니다"고 말해서 다 같이 웃은 기억이 난다. 성직자인 주교님이 무슨 사업 수완이 있어서 그런 소리를 들으셨겠는가. 주교님의 진정어린 태도와 말씀이 윤 사장님께 깊은 인상을 심어줬기에 그러셨을 것으로 짐작한다. 윤 사장님은 방송국을 구경시켜 주면서 설명도 친절하게 해주셨다. 물론 금일봉도 잊지 않으셨다.

신약성경 마르코복음 12장에는 가난한 과부의 헌금 이야기가 나온다. 가난한 과부가 헌금함에 작은 동전 두 닢은 넣는 것을 보시고 예수님은 제자들에게 이렇게 말씀하셨다.

"내가 진실로 너희에게 말한다. 저 가난한 과부가 헌금함에 돈을 넣은 다른 모든 사람보다 더 많이 넣었다."

율리아 자매가 그랬다. 두 딸과 함께 살았는데, 큰딸이 교통사고로 사망하고 작은딸은 돈을 번다고 일본으로 떠나자 생계가 막막해진 율리아 자매는 파출부로 일하기 시작했다. 바쁘고 고단한 생활 속에서도 최 주교님이 집전하시는 후원회 월례미사에는 빠지는 적이 없었다. 한 달 수입이래야 뻔할 텐데도 주교님이 서울에 오시면 식사하시라고 매번 4만 원을 따로 챙겨드렸고, 후원회비도 4만 원이나 냈다. 율리아 자매는 입버릇처럼 "회원들에게 폐를 끼치지 않으려고 당일 아침에 올라오셔서 미사만 끝내고 바로 부산으로 내려가시는 최 주교님은 참 대단하신 분"이라면서 공경하는 마음을 숨기지 않았다.

후원회원들 중에는 율리아 자매처럼 형편이 넉넉하지 않음에도 가난한 이들에게 복음을 전하는 일에 동참한다는 데 뿌듯함을 느끼고, 없는 살림을 쪼개 회비를 낸 이들도 적지 않았다. 회비를 많이 내고 적게 내고를 떠나 어느

한 분도 빼놓을 수 없는 소중한 은인들이다. 그 희생과 사
랑을 하느님은 백 배 천 배 갚아주시리라 믿는다.

후원회의 큰 별, 장순화 파트리시아

"주님은 나의 목자시니 내게 아쉬움이 없도
다. 저희 수녀회의 역사와 삶을 함께하셨다 말해도
과언이 아닐 듯합니다. 파트리시아 할머니께서 어제
(2020년 9월 11일) 선종하셨습니다. 저희를 물적으
로 도와주셨을 뿐만 아니라 늘 기도로써 함께해 주
셨습니다.

세상에 뭔가 '좋은 일'을 하고 싶은 마음으로
수녀가 됐지만, 실상은 받는 것이 더 많습니다. 받
아 누리는 것이 때로는 너무 과분하게 느껴져 송구
하기까지 합니다. 몇몇 후원회원님들은 자신들의 삶

을 빈곤하게 만들면서까지 저희를 도와주십니다. 하느님께 대한 사랑의 표현임은 분명하지만, 그분들의 봉헌에 제대로 된 응답을 드리고 있는지 자문하여 봅니다.

　　　　할머니, 너무나 감사하고 사랑합니다. 저희가 이 세상에 사는 동안 주님 바라시는 모습으로 잘 살아가며, 그 모습으로 만민에게 다가가 복음을 전하도록 전구하여 주시리라 믿습니다. 이제, 생전의 수고로움 모두 벗어두고 우리 하느님 아버지 품에서 영원한 복락을 누리시기를 기도합니다. 그립습니다, 할머니… 순수한 얼굴의 웃음도 그립습니다.”

장순화 파트리시아 자매님이 90세를 일기로 세상을 떠나자 한국외방선교수녀회 수녀님이 수녀회 홈페이지에 올린 추모의 글이다. 파트리시아 자매님이 어떤 분이었길래 이토록 고마워하고 애도하는 것일까? 자매님 이야기를 해야겠다.

파트리시아 자매님은 명동성당 건너편에서 성물과 신앙서적을 판매하는 ‘말씀사’를 운영하셨던 분이다. 명동성당 소속 신자로, 신앙이 그렇게나 깊을 수 없었다. 명동성당

레지오 마리애 단원이었던 자매님은 유난히 성모 신심이 깊었다. 레지오 마리애 회합에 참석하느라 가게 문을 닫기 일쑤였고, 본당 신자가 선종하면 연령회원으로서 장례 기간 사흘 내내 빈소에서 연도를 바치느라 또 가게 문을 닫으셨다. 또 가게 앞으로 연로하신 신부님이 지나 가는 걸 보면 그냥 지나치는 법이 없었다. 가게로 들어오시게 해서 차를 대접하고 여비 봉투도 챙겨주셨다. 본당 신자들이 물건을 팔아 달라고 가게에 들르면 절대로 그냥 돌려보내지 않았다. 그래서 가게에는 자매님이 사준 물건들이 잔뜩 쌓여 있고는 했다.

파트리시아 자매님은 간혹 여러 일로 본당 미사 시간을 놓치면 외방선교수녀회 후원회 월례미사에 참석하고는 했다. 그때마다 최 주교님의 강론에 깊은 감화를 받고 후원회의 취지에 공감하고는 회원이 돼 주셨다. 특히 주교님이 부산에서 경로 우대증으로 가격이 가장 저렴한 통일호 기차만 타고 다니시는 걸 알고는 큰 감동을 받았던 모양이다. 본인을 위해서는 단돈 10원도 아끼는 최 주교님의 삶은 이렇듯 많은 이에게 감동을 주기에 충분한 것이었다.

그런 주교님을 위해서라면 자신이 소유한 '말씀사' 2층 건물을 수녀회에 기증해도 좋겠다는 마음을 굳힌 것 같았다. 명동이 어디인가? 대한민국에서 땅값이 가장 비싼 동네 아니던가. 크지 않은 건물이었지만 가격은 일반인들의 상상을 초월하는 엄청난 금액이었다.

어느 날 자매님이 내게 전화를 줬다. "주교님을 좀 만나 뵙게 해줄 수 있나요?" 나는 "그러겠다"고 약속하고, 주교님께 자매님의 뜻을 전했다. 주교님도 "좋다"고 하셨다. 자매님께 주교님과의 만남을 성사시켰다고 말씀드리자, 그렇게 좋아하고 고마워할 수 없었다. 자매님은 주교님께 말씀사 건물을 기증하겠다는 뜻을 밝혔고, 주교님은 그 뜻을 고맙게 받아들이셨다. 그 과정에서 파트리시아 자매님의 딸 김인희 세실리아가 큰 역할을 했음을 밝혀 둔다. 이후 여러 절차를 거쳐 말씀사 건물은 수녀회 소유가 됐다.

하느님의 섭리와 은총이 아니면 어떤 일도 일어날 수 없다. 한번 생각을 해보라. 금싸라기 같은 명동 건물을 내놓는다는 게 어디 말처럼 쉬운 일이겠는가. 하느님이 성령을 통해 자매님의 마음을 움직이지 않고서는 불가능한 일이었다. 하느님을 위해, 어려운 이웃을 위해 내 주머니의 만 원짜리 한 장 내놓는 것도 결코 쉬운 일이 아님을 우리는 잘 안다. 본인도 망설임이 없지 않았을 것이고, 아마 가족의 반대도 없지 않았을 것이다. 그러나 파트리시아 자매

○ 최 주교님이 하시는 선교 후원 활동을 위해 큰 재산을 내어놓은
장순화 파트리시아 자매님(앞줄 가운데). 뒷줄 좌측이 필자.

님은 최 주교님이 하시는 선교 후원 활동을 위해 자신이 평생 일군 재산을 다 내어놓았다. 오로지 하느님의 뜻만을 따르기로 결심한 것이었다.

내가 파트리시아 자매님을 각별히 기억하는 데는 그가 교회를 위해, 후원회를 위해 큰 재산을 기부했다는 이유를 빼놓을 수 없다. 하지만 더 중요한 것은 그가 하느님을 위해 자신의 모든 것을 봉헌한 온전한 그리스도인의 모범을 보여줬기 때문이다. 우리는 자매님이 하루 종일 묵주를 손에서 놓지 않는 기도쟁이였다는 사실을 잊어서는 안 된다.
　기도처럼 하느님과 나를 하나로 묶어주는 튼튼한 동아줄은 없다. 자매님은 기도를 통해 하느님의 뜻을 묵상하고 그 뜻을 따랐다. 기도는 그리스도교 신앙생활의 전부나 마찬가지다. 나 역시 파트리시아 자매님의 신앙을 죽을 때까지 본받고 싶다. 자매님은 지금 하늘나라 최 주교님 곁에서 우리 후원회를 위해 주교님과 함께 묵주기도를 바치고 있으리라 믿는다. 나도 나이 구십을 훌쩍 넘겼으니 최 주교님과 파트리시아 자매님을 뵐 날이 멀지 않았다. 반가운 재회를 기약한다.

후원회에 닥쳐온 시련들
- 유혹과 선택

　　사람이 살다보면 별의별 일을 다 겪게 마련이다. 마냥 행복한 일만 생기면 좋겠는데, 그게 그렇게 뜻대로 되지 않는다. 좋은 일 다음에는 꼭 나쁜 일, 궂은 일, 힘든 일이 생기는 것 같다. 순풍에 돛을 단 듯이 매사 순조롭기만 하면 얼마나 좋을까.

　　그러나 날씨가 계속 좋기만 하면 땅은 아무 데도 쓸 수 없는 사막이 된다고 한다. 1년 내내 구름 한 점 없이 화창한 날씨만 계속 된다고 생각해 보자. 당장 지내기는 편할지 몰라도 땅은 메말라져 아무것도 수확할 수 없는 황무지가 되고 만다. 때로는 흐리고, 바람도 불고, 비도 내리고,

태풍도 몰아쳐 강물이 흘러넘치는 홍수를 겪고 나서야 비로소 많은 작물을 수확할 수 있는 기름진 땅이 될 수 있다. 시련은 당장은 고통스러울지 몰라도 성장하는 데 꼭 필요한 밑거름이 된다.

하느님은 시련을 통해 인간을 단련시키고 성장하게 이끄신다. 그러므로 시련이 닥치면 왜 내게 이런 불행을 주셨냐고 하느님을 원망하면 안 된다. 그 시련을 통해 하느님은 내가 무엇을 깨닫기를 바라시는지 깊이 묵상하는 자세가 필요하다. 이는 개인뿐 아니라 단체에도 마찬가지로 적용된다. 하느님은 후원회 활동에도 적지 않은 시련을 주셨다.

후원회가 자리를 잡고 활기를 띠자 뜻하지 않은 유혹과 시련이 생기기 시작했다. 이리 뛰고 저리 뛰고 앞뒤 재지 않고 열과 성을 다한 결과 후원회는 회원이 점점 늘어났다. 매월 한 차례 명동성당 소성당에서 봉헌되는 후원회 월례미사에는 회원들이 성전을 가득 메울 정도였다. 앞에서 이야기했다시피 나는 당시 신학생의 엄마였기 때문에 교회 활동에 매우 조심스러울 수밖에 없었다. 그래서 후원회 부회장을 맡았고, 회장은 다른 이가 하도록 했던 것이었다.

시련은 우리 후원회가 너무 잘나가고 있다는 데서 발생했다. 당시 회장을 맡고 있던 Y는 다른 신심단체의 회장을 겸하고 있었다. 하루는 그 신심단체의 지도 신부가 Y회장회장을 불러 '당신은 우리 단체의 회장인데, 어째서 다른 단체의 후원회 회장을 같이 맡아서 돕고 있느냐. 그건 아닌 것 같다. 한 군데만 맡아서 전념하도록 하라. 선택을 하라'고 주의를 줬다고 한다. Y회장의 선택은 우리 후원회가 아닌 그 단체였다. 애초 우리 후원회에서 활동하기에 앞서 그 단체에서 잔뼈가 굵은 터였다. 그래서 Y회장은 우리 후원회를 그만두고 그 단체 활동에만 힘을 쏟았다.

　　오래지 않아 Y회장은 그 단체 활동도 그만두고 새로운 모임을 시작했다. 문제는 그 모임의 장소와 시간이 우리 후원회 월례미사와 같았다는 것이다. Y회장이 그 모임의 시간과 장소를 의도적으로 우리 후원회 월례미사와 겹치게 했다. 그러고 나서 우리 후원회 미사에 참석하러 오는 회원들을 그 모임으로 유도하는 얕은 꾀를 낸 것이었다. Y회장은 회장을 지냈기 때문에 많은 회원들과 친분이 있었다. 속된 말로 누가 돈 많은 부자 회원인지를 속속들이 잘 알고 있었다. Y회장은 월례미사 때 명동성당 입구에 서서 우리 후원회원들을 그쪽 모임으로 끌어당겼다. 시간이 지

○ 종로성당 주임 장대익 신부님은 앞으로 매월 후원회 월례미사를
종로성당에서 해도 좋다고 허락해 주셨다. 참으로 감사한 일이었다.

날수록 Y회장의 꼬드김에 넘어가 그 모임으로 옮겨간 회원들이 자꾸 늘어났다. 회원들이 착하고 순진한 탓이었다.

참으로 화나고 속상한 일이었다. 그렇다고 속수무책으로 당하고만 있을 수는 없었다. 무슨 수를 써서라도 이 난관을 헤쳐 나가야 했다. 그래서 최 주교님께 말씀드렸다.

"주교님, 여기서 이러다가는 후원회원 다 빼앗기게 생겼습니다."

"그럼 어떡하면 좋겠습니까?"

"제가 다른 데를 알아보겠습니다. 명동성당과 가까운 종로성당이 어떨까요? 제가 종로성당 신부님께 한번 말씀드려 볼까요?"

"가능하겠습니까? 그렇게 한번 해보십시오."

그래서 최 주교님을 모시고 종로성당 주임 장대익 신부님을 찾아뵈었다. 성격 좋은 장 신부님은 앞으로 매월 후원회 월례미사를 종로성당에서 해도 좋다고 허락해 주셨다. 참으로 감사한 일이었다. 이런 우여곡절을 거쳐 후원회의 거점을 명동성당에서 종로성당으로 옮기고, 매월 후원회 미사를 거행하게 됐다.

마침 종로성당 사무장님이 최 주교님이 부산에서 사목

할 당시 복사를 섰던 분이었다. 수십 년 만에 최 주교님을 다시 만났으니 얼마나 반가웠겠는가. 사무장님은 후원회 일에 협조를 아끼지 않으셨다. 후원회 활동도 성과가 적지 않았다. 종로성당에는 인근 남대문시장과 동대문시장에서 큰 장사를 하는 분들이 많았다. 그분들이 후원회원이 돼 주셔서 큰 도움이 됐다.

그럼에도 불구하고 한계가 있었다. 기존 후원회원의 3분의 1이 Y회장 쪽으로 옮겨가는 바람에 종로성당으로 옮겨올 때 전체 후원회원은 3분의 2로 줄어든 상태였는데, 종로성당에서는 회원 수가 늘지 않고 계속 줄어드는 것이었다. 알고 봤더니 교통이 문제였다. 사실 종로성당도 위치나 교통이 나쁜 편은 아니었지만 명동성당에 비할 수는 없었다. 많은 후원회원들이 교통편이 불편하다고 호소했다. 명동성당은 한국 천주교회의 중심이라는 점에서 결코 종로성당이 넘볼 수 없는 매력을 지니고 있었다. 결국 후원회는 몇 년 후 명동 가톨릭회관으로 다시 자리를 옮겼다. 그때는 Y회장의 모임도 성격을 바꾼 상태여서 예전과 같은 문제는 전혀 발생하지 않았다. 명동으로 옮긴 후 후원회원은 다시 증가하기 시작했다.

후원회에 닥친 시련은 이뿐만이 아니었다. 후원회에 큰

고통을 안겨준 사람과 단체는 그 외에도 여럿 있었다. 일일이 언급하지는 않겠다. Y회장 이야기도 공개할까 말까 많이 망설였지만, 굳이 기록으로 남기는 것은 후원회가 꽃길만 걸어온 것은 아니라는 사실을 남기기 위해서다. 하느님은 따뜻한 햇볕도 비춰 주시지만 세상을 휩쓸고 갈 것 같은 무서운 태풍을 보내 주실 때도 많다. 돌이켜 보면 햇볕도, 태풍도 모두 하느님의 은총 아닌가. 그 태풍이 있었기에, 태풍을 견딜 수 있는 의지와 힘도 함께 얻을 수 있다. 예수님도 부활하시기 전에 십자가 수난과 고통을 겪으셨다. 십자가 고통 없이는 부활의 영광도 있을 수 없는 법이다. 그게 바로 신앙의 신비다. 여러 차례 후원회에 불어닥친 시련의 고통은 후원회를 더욱 튼실하게 뿌리 내리고 성장할 수 있게 하는 자양분이 돼 주었다. 시련을 주시되 시련을 극복할 수 있는 용기와 믿음도 함께 주신 하느님께 찬미와 감사를 드린다.

한국외방선교수녀회 수녀원 신축
– 사랑과 정성으로 지은 집

사람이 살아가는 데 꼭 필요한 3대 요소는 의식주, 즉 옷과 음식과 집이다. 이 가운데 하나라도 없으면 우리는 하루도 버티기 힘들다. 그만큼 중요한 것이 의식주다. 요즘 세상은 내가 젊었던 시절과는 달리 못 먹고 못 입는 사람은 거의 없다. 예전에는 상상도 못할 정도로 잘 입고 잘 먹고 산다. 그러나 집은 다르다. 예나 지금이나 자신의 집을 갖는다는 것은 일생의 꿈이다. 내 집 마련에 평생을 바친다고 해도 과언이 아니다. 그토록 힘든 일이 내 이름의 집을 갖는 것이다. 월세나 전세살이의 고달픔과 서러움은 당해본 사람들만이 안다. 지겹도록 이사를 다니다가 마침내 내 집을 마련했을 때의 그 벅찬 희열과 감동을 무슨 말로 표현할 수 있겠는가.

　수도자들이 모여 사는 공동체인 수녀회도 마찬가지다. 설립 당시 한국외방선교수녀회가 시작된 곳은 부산 범천동에 있는 보잘것없는 건물이었다. 종교용 시설로 지어진 것이 아니었다. 시간이 흐르면서 수녀원을 짓는 것이 가장 큰 과제로 떠올랐다. 하느님의 숨결이 깃든 제대로 된 수녀원을 마련하는 것이 무엇보다 시급했다.

　그러던 어느 날, 최 주교님이 내게 조심스레 물으셨다.
"마리아, 수녀원을 새로 지어야겠는데 어떻게 하면 좋겠습니까?"

　주교님도 수녀원 신축에 고심이 깊으셨던 모양이다. 나는 잠시 머뭇거리다 대답했다.

　"수녀님들이 거처할 방에 명패를 달아주는 모금 운동을 벌이면 어떻겠습니까?"

　주교님이 "그건 어떻게 하는 겁니까?"라고 되물으셨다.

　수녀님 방에 후원자의 명패를 달아주자는 아이디어를 낸 것은 '아론의 집'(경기도 의왕시 성라자로마을에 있는 피정의 집) 지을 때의 경험이 떠올라서였다.

　"수녀원 방 한 칸을 짓는 데 드는 비용을 500만 원으로 잡고, 한 구좌당 500만 원을 기준으로 모금하는 겁니다. 그리고 각 방에 후원 은인들의 이름을 적은 명패를 달아주면 후원하는 분들의 공로를 기억할 수 있고, 또 후원자들도 보람을 느낄 수 있지 않을까요?"

최 주교님은 반신반의하는 듯한 표정으로 "그렇게 하면 될까요?"라고 말씀하셨다.

"네, 한번 해보겠습니다. 안 되면 다시 다른 방도를 찾아보면 되지 않을까요?"

최 주교님은 "그럼, 한번 그렇게 해봅시다"고 승낙해 주셨다.

주교님 말씀에 용기를 얻은 나는 수녀원 신축 모금 운동에 팔을 걷어붙였다. 주변의 모든 지인들에게 다시 한 번 매달렸다. 많은 분들이 도와주셔서 성과도 좋았다. 4구좌(2000만 원)를 한꺼번에 내 주신 가족도 있었다. 형편이 되는 분들은 그렇다 치더라도 본인 살기에도 빠듯한 분들이 정성을 보탤 때는 정말 눈물이 났다. 성라자로마을 입구에서 가구점을 운영하는 나환우들 중 여러 분이 500만원씩을 기부해 주셨고, 형편이 안 되는 분은 두 번에 걸쳐 나눠 내 주시기도 했다. 식복사로 혼자 어렵게 살면서도 한 푼 두 푼 모아 500만원, 300만원, 200만원 이렇게 세 번이나 기부해 주신 분, 퇴직할 때 받은 금열쇠 10돈을 내신 분,

자녀 돌잔치 금반지들을 열쇠로 만들어 기증하신 분 등등 정말 많은 분들이 수녀원 신축 모금에 아낌없는 정성을 보여주셨다. 30년도 훨씬 더 지난 과거의 일이지만, 그때 그분들이 보여주신 사랑을 어떻게 갚아야 할지…. 하느님께서 그분들에게 당신의 방식대로 보답해 주시리라 믿는다.

  애초 최 주교님이 갖고 계신 돈은 10억 원이었다. 거기에다 수녀원 신축 모금 운동에 박차를 가해 모은 돈을 합치니까 35억 원이 됐다. 그런데 수녀원 신축 공사에는 무려 45억 원이 들어갔다. 10억 원이 고스란히 빚으로 남게 된 것이었다. 최 주교님은 빚을 갚느라 입이 바싹바싹 타들어갔다. 이만저만한 마음고생이 아니었다. 곁에서 지켜보기가 딱할 정도였다. 고민에 고민을 거듭하시는 것 같았다. 주교님은 옛 수녀원 건물을 팔고 본인의 사택도 부산교구로 이전하는 등 본인이 할 수 있는 모든 방법을 총동원한 끝에 겨우 빚을 갚을 수 있었다. 빚을 다 갚은 뒤 후련해 하시는 주교님의 환한 표정을 지금도 잊을 수가 없다.
  1991년에 완공된 한국외방선교수녀회 본원(부산시 부곡 3동 소재)은 이런 우여곡절 끝에 태어났다. 그러니까 수녀회 본원은 최 주교님의 분신이나 마찬가지라고 할 수 있다.
  수녀회 본원 신축은 나의 후원회 활동 중 가장 기억에

○ 한국외방선교수녀회 수녀들과 함께한 최재선 주교님. 수녀회 본
  원 신축은 나의 후원회 활동 중 가장 기억에 남는 일이다. 주교님
  과 함께 노심초사했던 기억이 지금도 눈에 선하다.

남는 일이다. 가장 큰 일이었고, 그만큼 보람된 일이었다. 수녀원을 방문할 때마다 뿌듯함을 느끼며, 지을 때 최 주교님과 함께 노심초사했던 기억이 지금도 눈에 선하다. 한국외방선교수녀회 수녀원은 죽어서도 함께할 영원한 나의 집이다.

후원회 활동의 버팀목 '성경 로사리오'

그리스도인에게 기도만큼 중요한 것이 또 있을까? 나도 마찬가지다. 내게 기도는 숨을 쉬는 것과 같다. 사람이 숨을 멈춘다는 것은 죽는다는 의미다. 그래서 죽을 때까지 잠시도 호흡을 멈춰서는 안 된다. 기도는 내게 밥 먹는 것보다 더 중요한 호흡이다. 기쁠 때나 슬플 때나, 좋은 일이 생기거나 나쁜 일이 생기거나, 바쁠 때나 한가할 때나 잠 자는 시간을 제외한 종일 숨 쉬듯 함께한 것이 기도였다. 가톨릭 신자들이 가장 많이 바치는 기도를 꼽으라면 단연코 묵주기도를 빼놓을 수 없다. 그만큼 중요한 묵주기도에 대해 잠시 알아보도록 하자. 우리가 자주 바치는 묵주기도를 제대로 아는 것은 자신의 신앙과 기도생활에 큰 도움이 될 것이 분명하기 때문이다.

묵주기도는 환희·빛·고통·영광의 신비를 통해 예수 그리스도와 그 협조자인 성모 마리아가 인류 구원사에서 이룩한 놀라운 사건들을 묵상하게 하는 심오한 기도다. 묵주기도의 기원은 초대 교회로 거슬러 올라간다. 당시 신자들은 머리에 장미관을 쓰고 형장으로 나가 순교한 순교자들의 시신을 거두면서 그들의 장미관을 모아 꽃송이마다 기도를 바쳤다. 묵주의 다른 이름인 로사리오는 바로 이 '장미 꽃다발'을 뜻하는 라틴어에서 유래했다.

13세기 들어 묵주기도의 틀을 갖춘 이는 도미니코 성인이다. 성모송을 150번 바치면서 예수 그리스도와 성모 마리아의 생애를 묵상하는 것이 '도미니코 묵주기도'다. 성 도미니코는 이단 세력이 교회를 위협하자 유럽 각지를 여행하면서 묵주기도를 바치라고 호소했다. 신자들은 묵주기도를 열심히 바쳤고, 이단 세력은 점차 줄어들었다.

오늘날 바치는 묵주기도는 15세기에 생겨났다. 알랑 드라 로슈(성 도미니코 수도회) 수사가 예수 그리스도의 생애를 강생과 수난, 부활에 따라 환희·고통·영광 등 세 가지 신비로 나눴다. 이 기도가 널리 퍼지자 1569년 교황 비오 5세가 15단 양식의 묵주기도를 제정했다.

묵주기도는 19세기 들어 세계 곳곳에서 발현한 성모 마리아가 묵주기도를 열심히 바칠 것을 권고하면서 급격하게 확산했다. 1858년 프랑스 루르드에 발현한 성모 마리아는 소녀 베르나데트에게 직접 묵주기도를 가르쳐 줬고, 1917년 파티마에서 6차례 발현한 성모 마리아는 매일 묵주기도를 15단씩 바치면 제1차 세계대전이 끝나고 죄인들이 회개할 것이라고 했다. 마지막 발현에서는 자신을 '묵주기도의 어머니'라고 선언하기도 했다.

환희·고통·영광의 신비 15단만 바치던 묵주기도에 '빛의 신비'를 더한 이는 성 요한 바오로 2세 교황이다. 요한 바오로 2세는 2002년 10월 교서 「동정 마리아의 묵주기도」를 반포하면서 '세상의 빛'(요한 9,5)인 예수 그리스도의 공생활을 묵상하는 '빛의 신비'를 추가했다. 이로써 묵주기도는 그리스도의 전 생애를 온전하게 묵상할 수 있는 기도가 됐다.

묵주기도는 성모송 10번과 주님의 기도·영광송을 한 번씩 바치는 1단을 기본으로 한다. 묵상 내용은 '환희·빛·고통·영광'이라는 4가지 신비로 구분되고, 각 신비는 다시 5

○ 나는 크고 작은 어려움에 부딪힐 때마다 '성경 로사리오'에
매달려 예수님과 성모님께 간절히 빌었다.

가지 묵상 주제로 나뉘어 모두 20개가 된다. 차례로 묵상할 때마다 1단씩 바치기 때문에 묵주기도는 총 20단이다. 첫 번째 5단은 '환희의 신비'로 예수 그리스도의 강생과 어린 시절을, 두 번째 5단은 '빛의 신비'로 예수 그리스도의 공생활을, 세 번째 5단은 '고통의 신비'로 예수의 수난과 죽음을, 마지막 5단은 '영광의 신비'로 예수 그리스도의 부활과 성령강림, 성모승천을 묵상한다.

묵주기도는 묵주만 있으면 언제 어디서든 쉽게 바칠 수 있는 기도다. 그러나 한번 바치기 시작해서 끝을 맺으려면 적어도 수십 분이 필요하고 같은 성모송을 반복해야 하므로 분심이 들기 쉽다. 성 루도비코는 다음과 같이 가르쳤다.

"묵주기도를 바치는 동안 온통 분심과 싸워야 할지라도 무기(묵주)를 들었을 때에는 더 잘 싸울 수 있으니 기도를 중단해서는 안 된다. 묵주기도를 바치기 전에 먼저 은혜를 청하며, 기도를 빨리 끝내려 하지 말고 또박또박 암송해야 한다."

분심이 든다고 바치던 기도를 중단하는 것은 옳지 않다. 분심을 없애려고 억지로 애쓰는 것은 오히려 기도를 더욱 힘들게 할 수 있다. 도우심을 청하면서 자연스럽고 편안한 마음으로 기도하는 습관을 들이는 것이 중요하다. 교회가 정한 20가지 묵상 주제에 얽매이지 말고 다른 지향을 두고 묵상하는 것도 좋은 기도가 될 수 있다. 어떤 지향으로 기도하더라도 중요한 점은 입으로만 기도문을 외울 것이 아니라 그 신비를 가슴 깊이 묵상해야 한다는 것이다.

내가 밤낮으로 바치는 묵주기도는 중세 때 도미니코 성인이 바쳤던 원형의 묵주기도에 가까운 '성령 로사리오'다. 성모송 150번을 바치면서 성모송 한 번 바칠 때마다 예수 그리스도와 성모 마리아의 생애와 관련된 각기 다른 성경 구절을 묵상하는 것으로, 현재 일반화된 묵주기도와는 크게 다르다.

내가 '성경 로사리오'를 처음 접한 것은 40여 년 전 둔촌동성당을 다닐 때 성모상을 모시고 가정을 순회하면서 묵주기도를 바칠 때였다. 그때 우리 집에 온 어느 젊은 교우가 『성경 로사리오에 따른 15 신비의 묵상』을 건네줬다. 15세기 도미니코회에서 바친 묵주기도를 소개하는 책자였다. 기도를 바치는 시간이 너무 길어서 그랬는지 잠시 유행하다가 사라진 묵주기도였다. 우리나라에도 책으로 출판됐으나 절판 상태로, 시중에서는 구할 수 없는 것이었다.

책을 보니까 내용이 너무나 좋고 마음에 와 닿았다. 하느님이 내게 주신 은총의 선물이었다. 지금도 그 교우가 정말 고맙다.

기도서를 받은 이후 '성경 로사리오'는 나에게 둘도 없는 친구가 됐다. 밤이나 낮이나 앉으나 서나 틈만 나면 이 '성경 로사리오'를 바쳤다. 나는 하느님을 위해서라면 내 목숨까지도 바치겠다는 마음으로 기도를 했다.

내가 후원회 활동을 지치지 않고 할 수 있었던 힘은 바로 이 '성경 로사리오'에서 나온 것이다. 크고 작은 어려움에 부딪힐 때마다 '성경 로사리오'에 매달려 예수님과 성모님께 간절히 빌었다. 성경 로사리오는 후원회원들을 끌어모으는 데도 큰 역할을 했다.

내가 하느님의 사랑을 받아 후원회에 기여할 수 있었던 것은 전적으로 '성경 로사리오' 덕분이다. '성경 로사리오' 기도문을 책 뒷부분에 부록으로 실었다. 관심 있는 분은 참조하길 바란다.

부산행 버스, 묵주기도의 은총을 싣고

‘성경 로사리오’가 후원회 활동에 끼친 영향은 실로 막대했다. 기도가 어떤 효과를 낳았는지 구체적으로 말하고자 한다. 성경 로사리오가 가장 큰 힘을 발휘한 곳은 다름 아닌 부산행 버스 안이었다. 서울에 거주하는 후원회원들은 공식적으로 1년에 한두 차례 한국외방선교수녀회 부산 본원을 방문했다. 최 주교님의 영명축일과 수녀회 종신서원, 수녀님들의 서원 25주년 은경축 기념식과 같은 큰 행사가 열릴 때다. 그럴 때면 나는 버스를 대절해서 회원들을 태우고 부산을 다녀왔다. 워낙 먼 여정이라 함께 간 후원회원 모두가 수녀원에서 하룻밤 자고 올 때도 많았다.

그렇게 부산을 다녀온 것이 족히 서른 번은 넘는 것 같다.

서울에서 버스로 부산까지 가려면 보통 대여섯 시간이 걸린다. 여간 긴 시간이 아니다. 천금 같은 시간을 아깝게 허비할 수는 없지 않은가. 나는 그 시간을 기도 시간으로 활용하기로 했다. 보통 신자들이 버스를 타고 이동할 때면 다 함께 묵주기도를 바칠 때가 많았다. 그러나 부산행 버스 안에서의 기도는 아주 다른 방식으로 진행됐다. 성경 로사리오 한 단 한 단에 후원회원들의 간절한 바람을 지향으로 담아 바치는 것이었다.

부산행 버스가 출발하면 나는 마이크를 잡고 후원회원들에게 기도를 시작하겠다고 알렸다. 그러면서 조용히 기도에 동참해줄 것을 당부했다. 앞에서 설명했다시피 성경 로사리오는 성모송을 바치고 성경 구절을 하나씩 묵상하는 방식으로 진행된다. 나는 성경 로사리오 각 단에 후원회원 각자가 가장 절실하게 안고 있는 어려움을 지향으로 덧붙였다. 버스에 45명이 탔다면 각자의 사연과 지향은 45개가 되는 것이었다. 나는 출발하기 전에 회원들이 안고 있는 어려움을 미리 파악했다. 고민들은 참으로 다양했다. 경제적 문제, 질병으로 고통받고 있는 가족들, 남편의 승진, 입시와 입사 시험을 앞둔 자녀들…. 각자가 처한 상황이 다른 만큼 그들이 매달리는 문제도 다 달랐다.

나는 한 명 한 명이 안고 있는 어려움을 성경 로사리오에 아주 구체적으로 담아 온 마음으로 주님께 기도했다. 그들이 어려움을 딛고 일어설 수 있도록 하느님께서 은총을 내려 주시기를 간절히 빌고 또 빌었다. 다른 이의 어려움을 나의 어려움으로 삼아 그 문제를 해결해 주십사 하느님께 매달리기란 결코 쉬운 일이 아니다. 세상 어느 누가 그렇게 할 수 있겠는가. 그렇지만 나는 그렇게 기도했다. 후원회원들이 어려움을 훌훌 털고 일어나 하느님 안에서 평화를 찾는 것만큼 기쁜 일은 없었기 때문이다. 후원회원들이 얼마나 큰 감동을 받았을지는 상상에 맡기겠다. 그들이 맛본 감동은 후원회에 대한 헌신과 사랑으로 열배 백배가 돼 돌아왔다.

이렇게 혼자 성경 로사리오를 바치는 데는 보통 3시간이 걸렸다. 3시간 동안 나 혼자 마이크를 잡고 그렇게 기도했다. 동승한 후원회원들은 침묵하는 가운데 성경 로사리오에 함께했다. 그렇게 기도하고 나면 온 몸의 진이 다 빠져나가는 듯한 기분이 들었다. 그때만 해도 젊고 목소리도 고왔고 에너지가 넘쳤다. 그래서 가능한 일이었다. 지금 같으면 어림도 없다.

여담 하나만 덧붙이고 싶다. 부산에 갈 때마다 단골로 대절하는 버스가 있었다. 성이 오(吳) 씨여서 '오 기사'라

○ 나의 신앙을 지탱하게 해준 성경 로사리오는 후원회를 활성화
　하는 데 결정적인 역할을 했다.

고 불렀던 분이었다. 독실한 개신교 신자였다. 그분이 버스를 운전하는 동안 내가 그렇게 조용히 성경 로사리오를 바치는 것을 보고는 느끼는 바가 많았던 모양이었다. 그는 '개신교와는 분위기가 너무 다르다. 다른 이를 위해 진심으로 기도하는 모습이 너무 감동적'이라고 입버릇처럼 말하고는 했다. 그러더니 세상을 떠나기 얼마 전에 가톨릭 신자가 됐다. 둔촌동본당 신자들과 함께 신부님을 모시고 그 집에 가서 미사를 드리기도 했다. 성경 로사리오가 일군 작은 결실이었다.

  내가 조금이라도 이룩한 게 있다면 모두 성경 로사리오 덕분이다. 성경 로사리오를 바칠 때 얼마나 진심을 다하는지 알아서인지, 내 주변에는 난관에 부딪힐 때면 기도를 부탁하는 이들이 참 많다. 그래서 요즘도 늘 기도를 바치는데, 아무리 기도해도 끝이 없다는 생각이 든다. 그러고 보면 기도할 때만큼 행복한 시간도 없다.
  나의 신앙을 지탱하게 해준 성경 로사리오는 이처럼 후원회를 활성화하는 데 결정적인 역할을 했다. 후원회원들을 하나로 모으는 일등 공신이 돼 준 성경 로사리오에 큰 상을 주고 싶다.

수녀원에서의 행복했던 1박 2일

학창 시절 소풍 갈 때의 기억이 선명하게 떠오른다. 들뜬 마음에 며칠 전부터 얼마나 많이 설렜는지 모른다. 행여 비는 오지 말아야 할 텐데… 밤잠을 설칠 정도였다.

학교 다닐 때 소풍 갔던 기억처럼 내게는 아름다운 추억으로 남아 있는 여행이 있다. 부산에 계신 최 주교님을 만나러 후원회원들과 함께 떠났던 1박 2일의 부산 여행이었다. 수녀회에 이런저런 큰일이 있으면 버스를 대절해서 방문하고는 했다. 그 중에서도 매년 빼놓을 수 없는 1박 2일 연례 방문이 있었으니, 주교님의 사도 요한 축일(12월 27일)을 맞아 수녀회가 준비한 영명축일 행사에 참석하는 것이었다. 워낙 자주 갔던 터라 지금은 기억이 뒤죽박죽 섞여 있다. 방문 때마다 일정은 비슷하면서도 매번 또 달랐다. 따로따로 기억나는 부분들을 하나씩 엮어 영명축일 방문 일정을 재구성해 보았다.

서울에서 이른 아침에 출발한 버스는 보통 오후 2~3시쯤 부산 한국외방선교수녀회 부곡동 본원에 도착했다. 최 주교님은 직접 버스에 올라 먼길 달려온 후원회원들을 반갑게 맞아주셨다. 오랜만에 찾은 친정에서 아버지를 만난 듯한 기분이었다. 후원회원들에게 일일이 커피와 묵주를 선물로 주신 주교님은 우리를 인근 동래온천으로 안내하셨다. 멀리서 오느라 피곤했을 테니, 피로를 풀라는 자상한 배려였다. 저녁은 "바닷가 부산에 왔으니 회를 먹어야 한다"며 사 주시기도 했다. 주교님을 크게 따르는 부산의 윤 마리아 자매님이 "멀리 서울에서 오느라 수고하셨다"며 저녁을 대접할 때도 많았다. 참으로 고마운 분이었다.

최 주교님 영명축일 행사의 하이라이트는 단연 수녀님들의 장기 자랑이었다. 배정된 방에서 휴식을 취한 회원들은 8시 강당에 모여 수녀님들이 준비한 각종 공연을 관람했다. 수녀님들은 못 하는 게 없었다. 외국에서 선교하는 데 필요한 방편으로 여러 악기와 우리나라 풍물을 다 배운

것 같았다. 시작은 기타 연주였다. 10여 명이 합주하는 것
으로 시작해서, 서너 명, 대여섯 명이 팀을 꾸려 아름다운
기타 선율을 선보였다. 기타 연주를 하지 않는 수녀님들은
그에 맞춰 곱디고운 목소리로 아름다운 노래를 불렀다. 단
막극도 이어졌다. 주교복을 입고 최 주교님으로 분장한 수
녀님이 주교님을 똑같이 흉내내는데, 어찌나 비슷하게 말
하고 행동하던지 배꼽을 잡았다. 거기서 끝난 게 아니었
다. 수녀님들이 어디서 구했는지 한복을 다 차려입고는 북
치고 꽹과리 치고 장구를 치면서 무대를 휘저었다. "쾌지
나 칭칭 나네"가 강당에 메아리쳤다. 회원들도 신나게 웃
고 떠들며 수녀님들과 어울려 덩실덩실 춤도 추고…. 여태
한 번도 구경해본 적 없는 흥겨운 잔치 한마당이었다. 천
국이었다!

잘 먹고 잘 노느라 취침 시간은 당연히 늦어질 수밖에
없었다. 주교님은 밤늦게 잠자리에 드는 후원회원들을 배
려해서 새벽 미사 시간을 6시에서 6시 30분으로 늦춰주셨
다. 원래 수녀원의 아침 식사는 빵과 스프였다. 주교님은
멀리서 온 귀한 손님들을 대접하는 건데, 빵과 스프는 아
무래도 아닌 것 같다고 생각하신 모양이었다. 그래서 언제
부턴가 떡국으로 바뀌었다. 주교님의 영명축일은 마침 새

해를 며칠 앞둔 시점이었다. 수녀원에서 먹는 떡국은 또 어찌 그리 맛있었는지 모르겠다. 떡국을 먹고는 인근의 산으로 산책을 나갔다. 좋은 산책로가 많았다. 그러고는 수녀원으로 돌아와 점심 식사를 하고는 서울로 올라오는 버스를 탔다. 주교님은 버스 안에서 먹으라고 과일이며 뭐며 이것저것 싸주셨다. 올라가다가 휴게소에 들러 저녁을 사먹으라며 저녁값도 따로 쥐어주신 최 주교님….

친정에서 하룻밤 머물고 시댁으로 돌아가는 딸에게 뭐라도 하나 더 챙겨주려는 자상한 아버지 마음이 아니었을까. 자기 자신을 위한 것이라면 1000원짜리 한 장 쓰는 데도 벌벌 떠는 주교님이 후원회원들에게는 아낌이 없으셨다. 회원들을 딸처럼 대해주셨던 최 주교님….

그 시절이 무척이나 그립다. 행복했던 부산 일정을 떠올리니 마음이 다시금 들뜬다. 그때 부산행 버스를 함께 탔던 후원회원 중에는 이미 우리 곁은 떠난 이들도 적지 않다. 보고 싶은 얼굴들이다. 떠나는 버스를 향해 손을 흔드시던 주교님의 모습이 지금도 눈에 선하다. 최 주교님이 2008년 선종하시면서 영명축일 행사도 덩달아 사라졌다.

그러고 보니 최 주교님이 하느님 품으로 돌아가신 지 올해로 벌써 16년이나 됐다. 세월이 참 무상으로 빠르다. 머

잖아 내가 하늘나라로 가면 주교님께서 기쁘게 반겨주실
것을 믿는다. 그때 우리를 맞아주셨던 그 미소를 띠고 말
이다. 주교님과 다시 만난다고 생각하면 죽는다는 게 두려
운 것만도 아니다. 최 주교님께 "예수님 따라 열심히 잘 살
았다"는 칭찬을 들을 수 있도록 얼마 남지 않은 여생을 더
욱 충실히 살아야겠다는 다짐을 한다.

한국외방선교수녀회의 발자취

    평생 잊을 수 없는 사제가 최재선 주교님이라면, 평생을 함께한 수도회는 당연히 1986년에 설립된 한국외방선교수녀회다. 최 주교님이 세계 각지로 파견 나가 가난하고 소외된 이들에게 복음을 전할 선교 수녀를 양성하기 위해 세운 한국외방선교수녀회는 우리나라 사람이 설립한 선교 수녀회로는 첫 번째다. 자부심을 가질 만한 것이다. 후원회 행사 때문에 수십 차례 방문한 부산 본원은 내게는 친정이나 다름없다. 수녀회가 걸어온 길을 살펴보자.

1975년 한국외방선교회를 설립한 최 주교님은 1978년 한국외방선교회 총재직을 사임하고 휴양차 부산으로 내려가셨다. 육체적·정신적으로 피로가 크게 쌓인 탓이었다. 부산에 내려와서는 배를 여는 개복 수술을 무려 3차례나 받으셔야 했다. 다행히 결과는 좋았다. 건강을 회복한 주교님은 한국외방선교회 부산지역 후원회를 맡아 선교회를 돕는 일에 힘을 쏟으셨다.

　　1984년 한국 순교성인 103위 시성식을 주관하기 위해 요한 바오로 2세 교황님이 한국을 방문하셨다. 교황님은 아시아 지역 복음화의 필요성을 역설하면서 한국 교회가 아시아 복음화에 관심을 갖고 적극 나서줄 것을 촉구했다. 이에 최 주교님은 선교 3세기를 맞는 한국 교회가 아시아는 물론 세계 복음화라는 사명에 적극적으로 참여할 수 있는 수녀회의 설립을 염원하게 됐다. 남자 선교회는 이미 만드신 터였다. 최 주교님은 1984년 당시 부산교구장 이갑수 주교님께 한국 천주교회 200주년 기념사업의 하나로 선교수녀회 설립을 건의하셨다. 이후 이 주교님과 부산교구 전 사제단은 물론 전국 모든 주교님들의 동의를 얻어 1984년 11월 한국외방선교수녀회를 정식으로 발족하게 됐다.

최 주교님은 1년 반 정도의 준비 기간을 거쳐 1986년 성
모성월인 5월 15일, 부산 범천동에서 지원자 19명을 받아
개원하셨다. 수녀원의 기본 틀은 한국순교복자수녀회와
부산 올리베따노 성 베네딕토 수녀회의 지도를 통해 마련
됐다.

　　가장 큰 어려움은 수녀회를 운영하는 데 필요한 재정,
즉 후원회원을 확보하는 것이었다. 내가 1986년 그해 후
원회를 시작한 것은 갓 출발한 수녀회의 운영 기금을 마련
하기 위해 최 주교님이 동분서주하실 때였다. 평생 이어진
수녀회와의 인연은 이렇게 주교님을 통해 맺어졌다.

　　최 주교님은 수녀회 초창기, 어려운 처지임에도 수녀회
를 위해 큰 희생을 하신 분들과 단체에 대해 수시로 말씀
하시고는 했다. '성가소비녀회'도 그 가운데 하나였다. 어
느 날 성가소비녀회 수녀님이 주교님을 만나자고 해서 갔
더니, 수녀회를 위해 써달라며 500만 원이라는 거금을 기
부했다고 했다. 재정적 어려움을 겪느라 남을 도울 형편
이 아니었는데도 말이다. 주교님은 부산교구장 재임 시절
'성가소비녀회'가 살림을 어렵게 꾸려간다는 소식을 듣고
는 딱한 마음에 1만 달러를 주신 적이 있었다. 대가를 바란
것도 아니었고 이후 까맣게 잊고 계셨다고 하셨다. 그렇게

도운 수도회가 줄잡아 열 곳은 됐음에도 유독 성가소비녀 회는 예전의 도움을 잊지 않고 주교님을 돕고자 나선 것이 었다. 얼마나 아름답고 고마운 일인가! 주교님은 당신이 선교수녀회를 설립한 동기도 바로 이런 것이라고 하셨다. 우리가 세계 여러 나라 교회로부터 무수한 도움을 받아 이만큼 성장했으니, 이제 그 은혜를 잊지 않고 우리보다 못한 처지의 나라와 사람들에게 되돌려줘야 한다는 것이었다.

수녀회의 사도직은 외방 선교의 준비 단계로 국내에서 먼저 시작됐다. 1990년 첫 서원을 한 수녀님들이 부산 초장·거제리본당과 전남 신의도에 파견돼 실습을 했다. 이듬해에는 부산가톨릭신학대학교의 살림을 맡는 사도직을 시작했고, 울산의 덕신본당에도 전교 수녀를 파견했다. 같은 해 9월 범천동에 있던 수녀회 본원을 지금의 부곡3동 본원으로 이전했고, 1993년에는 건물 일부와 강당을 이용해 피정의 집을 개설했다. 신자들과 청소년들을 위한 교육과 피정, 지역민들을 위한 강의나 연수 등 지역 복음화를 위한 직접적·간접적 활동에 나선 것이었다. 이후 마산교구 함안·망경동본당, 서울대교구 잠실·수궁동본당, 부산교구 사직대건본당에 전교 수녀를 파견했으며, 본당 전교 활동 외에도 어린이집, 공부방 운영 등을 통해 가난한 가정의 소외된 아이들을 돌보는 데 힘을 쏟았다.

복음 환경이 열악한 나라에 파견돼 봉사하고 예수 그리스도의 가르침을 전하는 외방 선교 활동은 수녀회가 설립되고 10년이 지난 1996년 본격적으로 시작됐다. 그해 5월 대만 신쭈(新竹)교구에 3명의 수녀를 처음으로 파견했다. 이후 언어 연수와 선교 실습 등으로 해외 선교를 준비하던 수녀회는 2003년 남미 볼리비아의 코챠밤바교구에, 2004년에는 파푸아뉴기니 멘디교구에 각각 2명의 선교 수녀를 파견했다.

　해외 파견은 지속적으로 이어졌다. 2006년에는 방글라데시 디나즈풀교구에, 2010년에는 볼리비아 오루로교구로 파견한 데 이어 2014년에는 머나 먼 아프리카 대륙에 있는 모잠비크 리칭가교구에 선교 수녀를 파견했다. 2018년에는 볼리비아 오루로교구에서 선교하던 이옥경 에스페란사 수녀를 선교 현지에서 하느님 품으로 떠나보내는 슬픔을 맛보기도 했다. 그러나 한국외방선교수녀회의 해외 선교는 그리스도의 복음이 '땅 끝까지' 전해질 때까지 멈추지 않고 계속 이어질 것이다.

○ 한국외방선교수녀회 수녀들은 '일상생활이 선교가 되게 하라.' 하신 설립
  자 최재선 주교님의 말씀을 따라 기도로써 주어진 소명들을 채워가고 있
  다. 한국외방선교수녀회 고정란 마리휘앗 총장수녀와 모잠비크 어린이들.

해외 선교지에서 보내온 수녀님의 편지

해외에서 현지인들을 위해 헌신하는 선교 수녀들은 어떻게 지내는지 궁금해하는 분들이 많다. 힘든 일도 많겠지만 기쁨과 보람도 그만큼 크지 않을까 싶다. 한국외방선교수녀회 수녀의 생생한 현지 선교 체험담을 소개하려고 한다. 해외 선교는 어떻게 이뤄지고 있는지, 그런 것을 후원하는 게 왜 그토록 중요한 일인지 피부로 느낄 수 있을 것이다. 다음은 방글라데시에서 활동 중인 김진희 콘솔라따 수녀님이 한국 교회 신자들에게 보내온 편지다.

방글라데시의 면적은 한반도의 3분의 2 크기이지만

인구는 1억 7000만 명이나 된다. 1인당 GDP(국민총
생산)는 2600달러로 우리나라의 12분의 1 수준에 불
과하다. 도시를 제외한 시골에 터전을 둔 국민들의
삶은 고되다. 삶이 힘들기는 세상 어느 나라와도 비
할 수 없을 정도다. 해마다 홍수로 인해 가난한 사람
들의 피해가 상당하며, 지속적인 어려움이 반복되는
상황이다. 종교는 이슬람교(88%)가 대다수를 차지
하며, 가톨릭 신자는 1%도 안 된다. 하지만 신앙의
뿌리는 깊다. 우리 수녀회가 선교하고 있는 곳은 방
글라데시 북서쪽에 위치한 디나즈풀교구다.

방글라데시는 150여 년 전 교황청 외방선교회 소속
선교사들이 들어와 많은 어려움을 감수하며 신앙의
터전을 잡아 놓은 곳이다. 그래서 우리 수녀들이 파
견돼 왔을 때 많은 도움을 받을 수 있었다. 앞서 걸어
간 선배 선교사들이 있는 게 얼마나 큰 축복인가를
순간순간 느낀다. 이분들이 일궈놓은 본당과 여러
사도직을 방문해 그들이 지나온 삶의 이야기를 듣고
있노라면, 마치 한편의 선교 영화를 보는 것 같은 감
동을 느끼며 감사한 마음이 든다.
현재 이곳에서 활동하는 선교사 신부님들의 연세는

평균 70대 초반이다. '이미 은퇴하셔야 할 나이 아닌가?'라는 생각이 들겠지만, 선교지에서 젊은 날을 바쳐온 이분들에게 은퇴란 없어 보인다. 병들고 노쇠해 본국에 갔다가도 조금이나마 기력을 찾으면 지체 없이 돌아와 생의 마지막까지 선교지에서 할 수 있는 몫을 찾아 최선을 다한다. 이러한 모습들이 젊은 선교사인 우리에게는 깊은 감동과 존경스러운 모델이 된다.

방글라데시의 시골 환경은 우리나라의 1960년대로 돌아간 듯한 느낌을 준다. 도시를 벗어난 지역 대부분에선 아직도 소똥을 말려 불쏘시개를 만들고, 나무 땔감과 볏짚을 이용해 밥을 짓는다. 저녁 무렵이면, 밥 짓는 연기가 수녀원 담장 너머로 안개처럼 올라온다. 집들은 양철과 대나무로 지붕을 얹어 비와 햇볕을 가리고, 수동 펌프로 물을 긷는다. 여기선 벽돌로 지어진 집의 시멘트 바닥에 사는 것만으로도 넉넉한 축에 속한다.

병원 실습을 나가며 저녁엔 마을 공부방을 봐주던 때였다. 공부방 바로 앞집 젊은 어머니가 달려와 큰

아들이 갑자기 열이 많이 나고 통증을 호소한다고
했다. 급히 달려가 보니 옴으로 인한 증상이었고, 다
른 아이들 역시 가려움을 호소하면서도 치료받을 생
각조차 못하고 있었다. 환경을 개선해야만 완치할
수 있을 텐데, 대나무로 엮어 만든 벽, 양철 지붕, 오
래된 시멘트 바닥 2칸짜리 좁은 방에서 생활하고 있
는 게 아닌가. 낮엔 아이들 방이지만, 밤이면 행여 도
둑맞지 않을까 싶어 집에서 키우는 염소나 소 등 가
축들을 방 안으로 데리고 들어와 함께 사는 게 현실
이다. 너무 안쓰러운 생각에 "저 마을의 낡은 집들을
모두 불사르고 새로 지어야 옴을 잡을 수 있겠다"고
했더니 "로마 시대의 네로 황제가 나타났다"며 크게
웃던 연로한 선교사 신부도 이젠 세상을 떠나 곁에
안 계신다.

시간은 10여 년이 흘러 도시가 빠르게 변화하는 게
눈에 보이는데, 가난한 시골 서민들의 삶은 그다지
변화된 것 같지 않다. 10년 전 모습 그대로인 것 같
아 안타깝다. 하지만 이들은 "행복하다"는 말을 곧잘
한다. 그날 하루 먹을 끼니만 있어도 행복해 하는 사
람들이다. 여기 와서 가장 많이 듣는 말 가운데 하나
가 "쇼뮤샤 네이"(괜찮아요, 문제없어요)다. 방글라

데시의 생활은 그야말로 기다림과 인내를 필요로 한다. '빨리빨리', '신속 정확하게'에 익숙해 있던 내게 몇 시간이고 문제가 해결될 때까지 아무 일 아닌 듯 기다리고 기다리는 이들의 모습이 참 대단해 보인다. 내게는 문제로 여겨지는 것을 "문제없다"고 말하고, 안 될 것 같은 일들도 기다리다 보면 이뤄지는 것을 보고 있자니 "쇼뮤샤 네이"라는 긍정적인 사고방식이 이 나라 국민의 행복 지수를 세계 최고로 만든 것 같다는 생각이 든다. '마음이 가난한 사람은 행복하다'는 성경 말씀이 이런 뜻이 아닐까도 묵상해 본다.

방글라데시에서 소수 종교인 그리스도교 신자가 된다는 것은 교회의 보호를 받을 수 있는 일종의 울타리 안에 살게 됨을 의미한다. 시골로 갈수록 그 모습은 두드러진다. 마을 전체가 그리스도교로 개종하거나, 성당 주변에 옹기종기 모여 그리스도인 마을을 형성한 것을 자주 보게 된다. 지역적으로 넓게 분포된 신자들을 찾아다니기엔 사제 수가 턱없이 부족하다. 그래서 교회의 큰 축일이나 사순·부활·성탄에만 미사에 참여하는 신자가 많다. 그래서 우리 수녀회가 속한 디나즈풀교구의 교구장 주교님은 항상 선교

○ 방글라데시 아이들의 천진난만한 표정. 이들은 하루 먹을 끼
니만 있어도 행복해 한다. "쇼뮤샤 네이"라는 긍정적 사고방
식이 이 나라 국민의 행복 지수를 세계 최고로 만든 것 같다.

사들이 필요하다고 말씀하신다. "수확할 것은 많은데 일꾼은 적다. 그러니 수확할 밭의 주인님께 일꾼들을 보내 주십사고 청하여라"(루카 10,2) 하신 예수님 말씀이 언제나 생각난다.

조용히 두 손 모아 무릎 꿇고 엄마 옆에 앉아 기도하는 귀여운 아기부터 초라한 모습이지만 경건한 눈빛으로 거룩한 전례에 임하는 허리 굽은 어르신들까지, 이들이 보여주는 신앙 태도는 충분히 감동적이고 깊은 울림을 준다. 비록 매 주일 미사에 참여하지는 못하더라도 마을마다 사순 시기나 로사리오 성월이 되면 순번을 정해 가정을 돌며 매일 기도 모임을 갖는다. 이런 모습을 보노라면 이들이 지닌 신앙의 깊이를 알 수 있다. 우리의 옛 선조들도 사제가 없던 시기, 이런 모습으로 모여 기도하고 격려하며 신앙을 키우지 않았을까….

병원에서의 경험이다. 한번은 병실을 돌던 중 딸을 출산한 가족이 보이길래 다가가 축하 인사를 건넸다. 그러나 아기 아버지는 눈물을 뚝뚝 흘리며 한탄하는 게 아닌가.

"이미 딸이 2명이나 있어요. 그런데 또 딸이네요. 나중에 시집가면, 그때 결혼 자침금은 또 어떻게 마련해야 할지 막막해요."

방글라데시에는 딸을 시집보낼 때 신랑 측에 '다우리'라는 지참금을 마련해 보내는 문화가 있다. 가난한 집안도 빚을 내서라도 다우리를 준비해야 한다. 가난한 촌부의 눈물이 충분히 이해가 됐다. 그럼에도 불구하고 이 아기들의 미래는 지금과는 많이 달라질 것을 믿는다. 아기들이 우리의 축복과 기쁨을 간직하고 자라나 종교 분쟁 없이, 남녀 차별 없이 인류애를 나누며 행복하게 살았으면 좋겠다는 기도를 했다.

무슬림들의 나라에서 선교사로 산다는 것이 쉽진 않다. 선교의 대상은 매우 제한적일뿐더러 경제적 이익을 창출하는 어떠한 활동도 허락되지 않기 때문이다. 사회 전반적으로 이슬람이 아닌 다른 신앙을 가진 이가 입지를 다지며 살아가기란 매우 어렵다. 우리 선교 수녀들은 저녁 식사 때면 각자 그날의 사도직 활동 중 마주했던 가난하고 소외된 이들의 상황을 나눈다. 그리고 그들의 더 나은 내일을 위해 무엇을 할 수 있을지 머리를 맞댄다.

이곳에 와서 처음 시작했던 공부방은 어느덧 400여 명의 학생들이 공부하는 초등학교로 성장했다. 시골 10대 소녀들을 위한 기숙사와 그리스도인 주민들을 위한 작은 진료소도 운영하고 있다. 또 빈곤 가정 아이들을 대상으로 장학금 지급, 영양 보급, 위생 관련 프로젝트들을 실시하면서 가난한 이들의 환경 개선이 시급함을 느낀다. 하지만 정부의 관심이나 노력은 미미하게 느껴질 뿐이다. 다양한 NGO 단체들이 들어와 활동하고 있지만 일회성으로 왔다가는 경우가 많다. 그러다 보니, 이들의 삶은 앞으로 나아지지 못한 채 제자리를 맴돌고 있다.

가난한 이곳에서 우리가 수행하는 사도직 활동을 지지하고 지원해 주는 한국 교회 공동체와 후원회원들의 사랑과 나눔이 얼마나 큰 힘과 용기를 주는지 모른다. 물심양면 성원을 아끼지 않는 후원자 모든 분들께 감사드리고 싶다.

"내가 진실로 진실로 너희에게 말한다.
밀알 하나가 땅에 떨어져 죽지 않으면
한 알 그대로 남고, 죽으면 많은 열매를 맺는다."

(요한 12, 24)

제2부

최재선 주교님과
한국외방선교회

최재선 주교님의 생애
- 1912년부터 2008년까지의 약사

　　최재선 주교님은 내게 성인 같은, 아니 성인이신 목
자다. 주교님을 1986년에 처음 만나 2008년 선종하실 때
까지 23년 동안 모시면서 지켜본 결론이 그렇다. 최 주교
님만큼 예수 그리스도를 빼닮고 그의 가르침을 온전히 실
천하신 분을 본 적이 없다. 이 책은 나의 삶을 정리하는 데
도 의미가 있지만, 더 큰 목적은 최 주교님을 기리고 그분
의 뜻을 세상에 전하는 데 있다. 주교님의 삶과 신앙을 널
리 알려 하루빨리 성인품에 오르는 것을 보고 싶다. 그것
이 나의 간절한 소망이다. 가장 훌륭한 신앙의 모델이 돼
준 최 주교님의 삶과 영성을 소개하려고 한다. 그분의 삶

과 신앙을 알게 되면 내가 왜 그토록 최 주교님을 따르는
지 이해할 수 있을 것이다.

최 주교님은 1912년 경남 울주군(현 울산광역시) 산골
에서 오래된 교우 집안의 8남매 중 막내로 태어났다. 시골
에 사느라 초등학교를 다니지 못하고 서당을 다닌 주교님
은 1926년 당시 소신학교였던 대구 성 유스티노신학교에
입학해 1938년 사제품을 받았다. 한국교회 129번째 사제
였다. 대구대교구 서정길 대주교님과 마산교구 장병화 주
교님이 신학교 동기다. 동기 중에 주교가 세 명씩이나 나
온 것도 큰 은총이다.

최 주교님은 해방 이전 대구대교구 영천본당 주임으로
사목할 당시 지역 유지들을 모아 종교에 대해 강의하던 중
천주교에 대해 이야기했다는 죄목으로 끌려가 영천경찰서
유치장에서 6개월 동안 감금되기도 하셨다. 김천 황금본
당에서 해방을 맞이한 주교님은 김천 성의중고등학교 전
신인 성의학원을 잘 관리해 성의여자종합고등학교 등 4개
학교로 키우셨다. 무에서 유를 창조한 것이나 다름없는 업
적이다. 또 최 주교님은 주교좌 대구 계산본당 주임과 대건
고등학교장을 겸임하던 중 1957년 부산교구가 새롭게 설

정되면서 초대 교구장으로 임명돼 주교품을 받으셨다.

신설된 교구였던 만큼 최 주교님은 맨주먹으로 일궈 나가야 했다. 성당도 몇 개 없고, 신자도 별로 없고, 돈도 인력도 없는 상황에서 주교님이 가진 것은 소신학교 동기 서정길 대주교님이 쥐어준 3000달러가 전부였다. 주교관은 커녕 교구청도 따로 없어 중앙성당 사무실을 몇 해 동안 주교관 겸 교구청으로 사용해야 했다. 힘든 고비 고비마다 최 주교님이 의지한 것은 묵주기도다. 1961년 '신자 배가 운동'을 전개하면서 로마에서 묵주 6만 개를 구입해 모든 교구민에게 나눠준 일화는 유명하다. 묵주기도 몇 십만 단, 몇 백만 단 바치기 운동은 주교님이 교구민과 함께 묵주기도를 바치면서 시작한 것이다. 주교님은 메리놀수녀회 수녀원 땅(현 대청동 가톨릭센터)을 교구청 부지로 거저 얻은 것 역시 묵주기도를 열심히 바쳐 성모님이 기적을 일으켜주신 것이라고 말할 정도로 성모 마리아를 공경하는 데 각별했다.

45살에 주교가 된 최 주교님은 1973년 한창 일할 나이인 61살에 교구장에서 물러나셨다. 교구에서 발생한 문제 탓인데, 주교님은 이를 자신의 부덕의 소치로 돌렸다. 주교님은 훗날 "교구장직에서 물러난 것은 하느님께서 주신

○ 최재선 주교님은 1926년 대구 성 유스티노신학교에 입학해 1938
 년 사제품을 받았다(큰형님, 어머니와 찍은 사제서품 기념사진, 첫
 째줄 우측). 전 대구대교구 서정길 대주교님(셋째줄 좌측 첫 번째),
 전 마산교구 장병화 주교님(셋째줄 좌측 두 번째)이 신학교 동기다.

○ 성의중·고등학교 제자들과 함께한 최 주교님과 김수환 추기경님.
 최 주교님이 소신학교 선배이자 성의중·고등학교 전임 교장이었다.

상인 동시에 회초리"라고 말씀하셨다. 교구장직에서 물러나지 않았더라면 한국외방선교회를 설립할 생각조차 못했을 것이라는 이유에서였다.

한국외방선교회는 최 주교님이 1975년에 설립한 한국교회의 첫 선교회다. 한국교회가 '받은 교회에서 나누는 교회로 전환하는 것을 상징한다'는 뜻에서 매우 중요한 의미를 지니는 일대 사건이었다. 1986년 한국외방선교수녀회를 설립한 주교님은 선교회 설립을 평생 가장 큰 영광이자 은혜로 여기셨다.

주교님은 선종하시기 1년 전인 2007년 주교품을 받은 지 50년이 되는 금경축을 맞으셨다. 그해 가톨릭평화신문 기자와 가진 인터뷰는 최 주교님이 어떤 분인지를 생생하게 잘 보여주고 있다. 주교님을 이해하는 데 큰 도움이 될 것 같아 옮겨 싣는다. 가톨릭평화신문 2007년 10월 23일자 인터뷰다.

부산광역시 금정구 부곡동 한국외방선교수녀회 수녀원. (기자가) 약속 시간보다 일찍 도착했더니, 수녀들이 "주교님이 조금 전까지 마당에서 기도하고 계셨는데…" 하면서 여기저기 두리번거렸다. 숙소에 내려가 봐도 계시질 않았다. 수녀 몇 명이 갑자기 사라진 최재선 주교의 행방을 찾느라 안팎을 바삐 오갔다. 잠시 뒤 최 주교가 십자가의 길 14처를 빙 둘러 세운 잔디밭의 나무 뒤에서 모습을 드러냈다. 따가운 햇볕을 피해 나무 그늘에 숨어(?) 기도하고 계셨다.

최 주교 숙소는 수녀원 정문에 붙어 있는 안내실이다. 6.6㎡(2평) 남짓한 서재 겸 응접실, 변기 하나 달랑 있는 화장실, 30년 전 어느 목수가 짜줬다는 침대가 놓여 있는 침실이 전부다. 책상이건 전등이건 모든 살림살이가 책장에 꽂혀 있는 서적들마냥 퇴색했다. 그 흔한 에어컨도 없다. 유난히 무더웠던 지난여름을 선풍기 한 대로 났다.

"이 정도면 호강이지, 뭘 더 바래? 수녀원에 딸린 사제관은 너무 거창한 것 같아서 필요한 사람 쓰라고 하고 난 이리로 내려왔어. 부자들이나 널찍한 거실에서 고급 소파에 몸 파묻고 사는 거지, 성직자는 그렇게 살면 안 돼. 예수님처럼 가난하게 살아야 해."

낡은 책상 앞에 걸려 있는 작은 액자가 눈에 띈다. 사제들의 주보 성 요한 마리아 비안네(1786~1859) 성화다.

"비안네 신부님은 공부를 못해 신학교에서 쫓겨난 적이 있대. 머리가 아둔하셨던 것 같아. 그런 분이 성인이 되실 줄 누가 알았겠어. 나도 소신학교 때 성적이 좋지 않아 얼마나 걱정을 했는지 몰라. 공부 못하면 쫓겨났거든. 그때부터 비안네 성인한테 매달렸는데 지금도 마찬가지야."

최 주교는 1912년 경북 울주군에서 구교우 집안의 8남매 중 막내로 태어났다. 6살에 첫 영성체를 하고 나니까 부친이 "성모님 공경하면 은혜 받는다"며 까만 묵주를 쥐어줬다고 한다. 그 날부터 하루도 거르지 않고 바친 묵주기도는 성직자, 특히 초대 부산교구장으로 살아가는 데 절대적 힘이 됐다. 요즘도 하루 평균 20단을 바친다.

"주교품(1957년)을 받고 부산교구에 오니까 아무것도 없더라고. 일제시대에는 일본 사람들 도시였고, 6·25전쟁이 나고는 피란민 도시가 되는 바람에 교세가 형편없었어. 너무 막연한 거야. 그래서 성모님께 도움을 청하려고 묵주기도를 바치는데 혼자서는 하루 3꿰미(1꿰미는 5단)씩 1년 간 바쳐봐야 1000꿰미 조금 넘는 거야. 그래서 꾀를 내어 교구민들한테 같이 바치자고 했지."

요즘 활성화된 묵주기도 몇 십만 단, 몇 백만 단 봉헌 운동의 원조는 최 주교다. 그는 '마리아를 통해 예수님께(Ad Jesum per Mariam)' 가기 위해 로마에서 묵주 6만 개를 사서 배로 실어와 교구민들에게 나눠 주기도 했다.

그는 교구장 재임 기간에 묵주기도의 은총을 톡톡히 체험했다. 교구장 시절을 회고하는 내내 "이게 성모님 기적이 아니고 뭐겠어?"라고 반문했다.

"교구청도 없어서 중앙성당에서 더부살이를 했어. 당장 교구청 한 칸이라도 장만해야겠는데 돈이 있어야지. 마침 메리놀회 수녀님들이 수녀원 부지(현 대청동 가톨릭센터)를 18만 달러에 팔려고 내놨다기에 달려가서 10만 달러에 달라고 했어. 대금은 연 1만 달러씩 10년에 걸쳐 갚겠다고 하고. 그런데 수녀님들이 미국 본부와 상의해야 할 문제라고 하기에 본부 총원장 수녀님한테 애원조로 장문의 편지를 썼어."

몇 달 뒤 미국에서 "팔지 않겠다고 약속을 하면 거저 주겠다"는 답장이 왔다.

최 주교는 쓸모없이 방치된 부곡동 땅 56만1983㎡를 매입하기도 했다. 교구 신부들이 "돈도 없는데 그런 땅을 사서 뭐 하냐"고 말렸지만 "교구가 100년, 1000년을 이어가려면 땅이 있어야 한다"며 밀어붙였다. 그 부지는 현재 부산가톨릭대·한국외방선교수녀원·지산고등학교·사회사목국 등이 들어선 가톨릭 벨트가 됐다.

최 주교는 교구 기초를 놓을 종자돈을 구하느라 6개월 동안 미국 전역으로 모금하러 다닌 여행을 잊지 못한다. 미국 신자들이 가난한 나라에서 온 주교에게 많은 사랑을 베풀어줬다. "덕분에 미국 구경은 실컷 하셨을 것 같다"고 하자 최 주교는 "마음이 편해야 구경거리가 눈에 들어오지. 서툰 영어로 강론을 제대로 할까, 모금은 잘 될까 걱정하느라 아무 것도 못 봤어"라며 웃었다.

최 주교는 "하지만 아픈 매도 많이 맞았다"고 말했다. 교구에 분열이 일어나 착좌 15년(1973년)만에 교구장직에서 물러난 것을 두고 하는 말이다. 최 주교는 "모두 내 부덕의 소치다. 정당한 판단은 역사에 맡기겠다"고 말했다.

그는 교구장직에서 물러난 뒤 한국외방선교회와 한국외방선교수녀회를 설립했다. 하느님과 서구교회로부터 받은 은혜를 아시아와 아프리카 등지로 나가 갚기 위해서였다. 한국외방선교회는 어느덧 '받는 교회'에서 '나누는 교회'로 성장한 한국 가톨릭의 얼굴이 됐다. 선교 사제 30여 명이 파푸아뉴기니·타이완·모잠비크 등 6개국에서 한국 가톨릭 이름으로 복음을 전하고 있다.

"이만큼 발전했으면 옛날에 받은 은혜에 감사하면서 갚을 생각을 해야지. 부산교구는 말할 것도 없고 전국 교구들이 가난한 시절에 누구 도움 받아서 성당 짓고 하느님 사업을 했어? 이 시대에 가장 마땅한 하느님 사업은 외방선교야. 그래서 요즘 성모님께 돈 좀 달라고 떼를 쓰고 있어. 가난한 선교지에 달랑 사람만 보낼 수는 없잖아."

최 주교는 이따금 은행에 직접 가서 본보 어려운 이웃돕기 캠페인 '사랑이 피어나는 곳에'에 성금도 부친다. 교구에서 나오는 생활비 씀씀이를 들여다보니까 개인적으로 사용하는 돈은 거의 없다. 대부분 여기저기 후원금으로 보낸다. 그는 "교회와 하느님 영광을 위해 쓰는 거지, 이 늙은이가 돈 쓸 데가 어디 있어"
라고 말했다.

그는 절약하며 사는 게 몸에 뱄다. 여기저기서 날아
온 우편물 서류 뒷장에 강론 원고를 쓴다. 휴지도 한
번 쓰면 버리지 않고 놔뒀다가 다시 쓴다. 한 번 쓰고
접어둔 휴지가 서랍과 책꽂이 곳곳에서 눈에 띈다.
몇 년 전까지만 해도 열차는 '통일호'만 탔다.

"모든 게 풍족한 세상이니까 너무 아끼지 않아도 된
다"고 하자 불호령이 떨어졌다.

"이게 다 누구 돈이야? 결국 신자들이 피땀 흘려 번
돈이잖아. 그런 돈을 낭비하면 벌 받아. 성직자가 편
하고 호화롭게 살면 어떻게 되는지 알아? 기도를 안
해. 기도를. 성직자와 수도자의 생명은 '기도'인데 점
점 기도 생활을 안 해서 걱정이야."

말이 나온 김에, 최고 원로로서 후배 사제들에게 회
초리 들어 꾸짖고 싶은 게 무엇이냐고 물었다.

"신부들이 말과 계획만 무성하고 실천을 하지 않아.
그러니까 책을 내도 말잔치로 끝나는 게 많아. 교회
가 발전하려면 신부들이 먼저 부지런히 기도하면서

가난하게 살아야 해. 순교자들 덕으로 쌓은 잠재력이 우리 교회에 얼마나 많아. 그걸 끄집어내려면 말보다 실천을 해야 해."

그는 "돌이켜 보면 성모님 은혜로 살았다"며 "그래서 100년, 1000년 동안 하느님과 성모님 앞에 무릎 끓고 감사기도를 드려도 부족한 사람"이라고 말했다.

【김원철 기자】

최 주교님의 영성 1
- 기도

"기도하며 일하라"

이는 최 주교님이 1957년 부산교구장이 되면서 만든 주교 문장에 들어 있는 성구(聖句)다. '기도하며 일하라'는 원래 베네딕토 수도회 수도자들의 생활신조. 주교님은 이 구절을 자신의 성구로 삼아 평생 하느님과 교회를 위해 기도하며 봉사하셨다. 기도는 최 주교님을 이해하는 데 관건이 되는 그분 삶의 구심점이다. 주교님을 기억하는 이들이 증언할 때 이구동성으로 하는 말이 기도하는 분이라는 것이다. 손에서 묵주를 놓지 않는 최 주교님은 한마디로 '기도에 진심인 목자'였다. 1940년대 최 주교님을 도와 김천 성의학교에서 함께 일했던 조정옥(쟌 데오판, 대구샬트르성바오로수녀회) 수녀는 당시의 최 주교님을 이렇게 회고하셨다.

"최 주교님은 기도의 맛에 사셨죠. 최 주교님이 안 보인다 싶으면 꼭 성당에 계셨어요. 목요일 저녁마다 성시간이 있었는데, 최 주교님은 저녁 식사를 마치고 곧바로 성당으로 가셨어요. 옛날에는 성당에 의자가 없어서 다들 바닥에 앉았는데, 최 주교님을 위한 의자를 하나 갖다 놓았어요. 그런데도 그 의자에 앉지 않고 꼭 무릎을 꿇고 장궤를 하셨어요. 수녀들이 성당에 들어가면 벌써 무릎을 꿇고 장궤를 하고 계셨어요. 모두 모여 기도를 할 때면, 최 주교님은 다른 기도 안 하시고, 그저 '오, 예수님, 저희 성의 남자중학교를 건축하고 있습니다. 돈 천만 원만 주세요'라며 소리 내어 기도하셨어요. 그렇게 최 주교님의 기도를 듣다가 우리 수녀들은 먼저 성당에서 나오고, 최 주교님은 더 기도하셨어요. 산책하면서 묵주기도 하시는 것도 자주 봤는데, 그분의 성모 신심은 지금 생각해도 정말 놀라워요."

최 주교님이 부산교구장으로 재임하던 시절, 가까이 모셨던 어느 신부는 주교님이 트라피스트 수도회 수도자처럼 새벽 4시부터 기도했다고 회고했다. 주교님은 한겨울

○ 주교님을 기억하는 이들이 증언할 때 이구동성으로 하
는 말이 기도하는 분이라는 것이다. 손에서 묵주를 놓지
않는 최 주교님은 한마디로 '기도하는 목자'였다.

에도 한국외방선교수녀회 본원 앞 성모당에서 장궤를 한 채 몇 시간씩 묵주기도를 바치셨으며, 새신부들이 인사차 찾아오면 함께 묵주기도를 바치며 "앞으로 기도 많이 해야 한다"라고 신신당부하시고는 했다. 주교님의 기도에 대한 생각은 1966년 3월에 발표한 '기도생활에 대한 교서'에도 잘 나타나 있다.

> "너희는 그침 없이 기도하라. 너희는 깨어 기도하고 유감에 들지 않게 하라."

우리 한국 교회 조상들은 초세기 교회 교우들 부럽지 않게 조과(아침기도), 만과(저녁기도), 매괴신공(묵주기도)을 하루도 빠짐없이 바치는 아름다운 전통을 이어갔습니다. 피치 못할 사정으로 기도를 궐해도 큰 죄가 구성되는 것은 아닙니다만 한두 번이라도 궐하게 되면 몹시 괴로워하는 그 열성은 분명 놀라운 일입니다. 제아무리 학식이 많고 여유가 넉넉하다 해도 기구(祈求) 없는 교회는 쇠퇴하고 기구 없는 개인은 냉담하기 마련입니다. 왜냐하면, 기도는 영의 생명이고 음식이기에, 영양분이기에 그렇습니다.

세계 교회의 교세가 약해지고 냉담자가 늘어가는 이유는, 간단없이 기도하라는 교회 명령에, 주님의 말씀에 게

을리한 탓입니다. 우리 한국 교회는 어린 교회입니다. 이제 자라야 하고 발전해야 합니다. 사람도 한창 어리고 자랄 때에 넉넉한 영양을 충분히 섭취해야 든든한 육체가 됩니다. 교회 생활에 기도는 가장 긴요한 영양분이라 기도 안 드리면 약해지고 냉담할 수밖에. 더욱이 기도와 희생이 더욱 긴요한 이 때 기도 안 드리면 안 되지요.

'현대 세계는 옛날과 다르다. 기도를 그리 강조할 것이 아니다. 각자 양심의 자유에 맡기는 것이다.' 하여 등한히 하는 경향은 위험천만이 아닐 수 없습니다. 물론 학식이 많은 현대인들에게 똑같은 양식으로만 외우듯이 하라는 것은 아닙니다만은 성경 말씀에 "구하라 받으리라. 청하라 얻으리라. 두드려라 열리리라." 가만히 있는 자에게 주거나 받거나 하지 않습니다. "너 없이 너를 창조했지만, 너 없이 너를 구하지 않는다"고 했습니다.

최 주교님은 한국외방선교회 신학생과 사제들에게도 "하루 30분의 묵상, 10분씩 미사 전후의 감사기도, 성무일도, 30분의 성경읽기, 10~30분의 조배신공, 15단의 묵주기도를 비롯한 사사기도가 영성생활의 기본"이라고 하시면서, 기도를 모든 일의 중심에 둘 것을 권고하셨다. 또 "가장 중대하고 주 되는 기도는 묵상기도"라며 "매일 30분이상의 묵상기도는 여느 수도회나 신심 깊은 이들이 행하는 기도"라고 가르쳤다. 주교님은 기도가 지닌 영적 힘을 믿으셨고 또 체험하셨다. 주교님이 기도에 관해 말씀하실 때 꼭 덧붙인 것이 하나 있다. 기도와 함께 희생을 바쳐야 한다는 것이었다. 평소 남을 위해 봉사하고 헌신하는 삶을 살지 않는다면, 오래 기도하는 것만으로는 소용이 없다는 게 지론이었다. 나는 그 말씀이 가장 기억에 남는다. 기도하는 것만큼이나 희생하는 삶을 살아야 한다는 가르침을 따르고자 애썼다. 내 삶에서 작게나마 뭔가 이룩한 게 있다면, 기도와 함께 희생을 바치는 데 게으르지 않았기 때문일 것이다. 귀한 가르침을 주신 주교님께 다시 한 번 감사드린다.

최 주교님의 영성 2
- 감사와 보은

감사와 보은은 동전의 앞뒷면과 같다. 먼저 감사할 일이 있어야 그에 보답한다는 생각이 날 수 있다. 받은 것이 없다고 생각하는데 줄 생각을 할 리 만무하다. 최 주교님이 평생 자신의 사목표어로 삼은 덕목이 감사와 보은이다. 주교님은 글과 강론, 그리고 평소의 삶을 통해 감사와 보은의 정신을 일깨우고 몸소 실천하셨다.

주교님이 보시기에 감사하지 않는 삶은 교만이었다. 사실 그리스도교의 근본정신이 그렇다. 매일매일, 순간순간의 일상이 하느님께서 주신 축복 아니던가! 그것을 감사히 받아들이지 않는 것은 하느님이 아닌 자기 자신을 중심에 둔 삶을 살고 있기 때문일 것이다. 하느님을 삶의 중심에 둔 이는 모든 일에 감사하지 않을 수 없다. 주교님은 "태어났을 때부터 지금 이 순간까지 얼마나 많은 은혜를 받았는가?"를 항상 자신에게 물어야 한다고 가르치셨다. 성경 묵상을 각별히 중시한 주교님은 "성경은 감사의 책"이라면서 "영성생활의 중심은 감사가 돼야 한다"고 강조하셨다. 감사의 덕이 우리 삶과 신앙에 얼마나 큰 영향을 미치는지를 자신의 체험을 통해 깨달으셨고, 우리에게 그것을 전하기 위해 애쓰셨다.

감사와 짝을 이루는 것이 보은이다. 최 주교님이 한국외방선교회와 한국외방선교수녀회를 설립한 것은 보은의 정신을 따라서다. 감사하게도 한국 교회가 그동안 너무 많은 것을 받았으니, 이제는 그것을 되돌려줘야 한다는 정신을 구체적으로 실행한 것이 남녀 선교수도회 설립이었다. 한국 교회가 성장해온 발자취를 돌아보면 주교님이 그렇게 생각한 게 결코 무리가 아니라는 것을 수긍하게 된다. 먼저 한국 교회는 외국 선교사들의 도움이 없었다면 존재할 수 없는 교회였다. 수많은 외국 선교사들이 이국땅 조선으로 건너와 순교의 피를 흘려야 했다. 박해가 끝난 후에도

○ 최재선 주교님과 부산교구 사제들. 최 주교는 부산교구의 재정 문제 해결을 위해 미국을 직접 방문해 원조를 요청했고 프랑스 교회에도 도움을 호소했다. 사목을 함께할 외국 사제들도 초청했다.

○ 제2차 바티칸 공의회 제2기 회의를 마치고 귀국.(1963.12.13.)
좌측부터 서정길 대주교님, 노기남 대주교님, 최재선 주교님.

세계 각국의 여러 선교회 신부들이 전국에 성당을 짓고 복음을 전파했다. 그분들이 활동할 당시 우리나라는 세계적으로 손꼽히는 가난한 나라였다. 나라는 물론 교회 역시 자립할 수 있는 기반이 전혀 돼 있지 않았다. 거의 모든 것을 외국 선교회와 선교사들의 지원에 의지해야 했다.

최 주교님 역시 이를 피부로 겪으셨다. 주교님이 1957년 초대 부산교구 교구장으로 착좌했을 때만 해도 교구 재정으로는 성당 하나도 짓기 어려울 정도로 가난했다. 교구의 재정 문제를 우선적으로 해결해야 했던 주교님은 미국을 직접 방문해 원조를 요청했고 프랑스 교회에도 도움을 호소하셨다. 그들 교회로부터 큰 도움을 받았음은 물론이다. 뿐만 아니라 양떼를 돌볼 사제가 부족했던 까닭에 주교님은 사목을 함께할 외국 사제들도 초청하셨다. 어린 시절 자신이 살던 교우촌을 방문하고 신학생 시절에는 신학교에서 양성을 담당했던 외국 사제들을 잊지 않고 계셨다. 그들에게 얼마나 큰 고마움을 느꼈을지는 불문가지다. 언젠가 반드시 그 은혜를 갚겠다고 마음속 깊이 다짐하고 또 다짐하셨을 것이다.

이처럼 최 주교님이 외국에 선교사를 파견하는 남녀 선교수도회를 설립하게 된 배경에는 자신의 경험에서 우러난 보은의 정신이 깃들어 있었다. '받는 교회에서 주는 교회로!'라는 최 주교님의 정신은 한국외방선교회·한국외방선교수녀회 설립 이후 활발하게 펼쳐진 한국 교회 해외 선교의 모토가 됐다. 이렇듯 최 주교님의 보은 정신이 한국 교회로 하여금 세계로 눈을 돌려 선교에 적극적으로 나서게끔 하는 기폭제가 된 것이다.

최 주교님은 이렇게 한국 교회가 해외 선교에 눈을 뜨게 하는 선구자 역할을 하셨다. 해외 선교의 물꼬를 트심으로써 한국교회사에 길이 남을 업적을 남긴 최 주교님, 그 출발이 다름 아닌 보은 정신에 있었음을 잊어서는 안 되겠다.

최 주교님의 영성 3
– 청빈

　　구십 평생 이런저런 봉사 활동을 하면서 많은 신부들을 만나 인연을 맺어왔다. 그 가운데 가장 가난하게 사셨던, 가장 청빈했던 사제를 꼽으라면 역시 최 주교님이다. 그분만큼 청빈하게 사셨던 분이 또 어디 있을까. 전에도 없었고 앞으로도 없을 것 같다. 청빈을 '삶으로 보여주는 영성'이라고 생각한다. 아무리 말을 잘하고 글을 잘 써도 그에 담긴 메시지가 자신의 삶으로 구현되지 않는다면 무슨 소용이 있겠는가. 주교님은 자신의 신앙을 철저한 청빈의 삶으로 보여주셨다. 한마디로 겉과 속이 일치하는 분이었다. 존경하지 않을 수 없다.

앞서 소개한 인터뷰 기사에도 잘 나타났듯, 최 주교님은 자신에게 돈을 쓰는 것을 매우 죄악시하셨다. 부산 수녀원 수위실에서 생활했던 주교님은 전기장판 한 장으로 한 겨울을 보내셨다. 손님이 온다고 할 때면 미리 난로를 피우셨지만 벽이 얼어 있는 상태라 제대로 훈기가 돌지 못했다. 그런 방도 항상 고마워하면서 기쁘게 지내셨다. 그런 주교님이 옷인들 제대로 한 벌 사서 입으실 리 없었다. 입고 계신 옷이 너무 낡아 옷을 사시라고 얼마 안 되는 돈이나마 손에 쥐어드리면 후원회비로 바로 입금하시거나 고기를 사서 수녀원 주방에 넣어주셨다. 옷을 직접 사 드리면 "사제는 호강하면 안 된다"며 손을 내저으며 마다하셨다. 주교님은 수녀원 수위실에 사시기 전에는 남천동 사택에 머무시면서 매일 새벽 첫 버스를 타고 금정동에 있는 수녀원으로 오셨다. 주머니에는 토큰 2개가 전부였다. "나는 매일 큰 차 타고 옵니다"며 버스 타고 다니는 것을 자랑스레 말씀하셨던 분이 최 주교님이다.

매달 후원회 미사를 집전하러 서울로 오실 때면 경로 우대증으로 표를 싸게 끊을 수 있는 통일호 기차만 이용하셨다. 밖에서 사먹는 밥값을 아끼느라 수녀원에서 싸주는 도시락으로 끼니를 해결하셨다. 한번은 이런 일이 있었다.

후원회원들이 주교님을 모시고 횟집에 가게 됐다. 늘 도시락만 드시니까, 주교님이 드실 도시락을 따로 사와야겠다고 누군가 수선을 떨었다. 그걸 보신 주교님께서 "아니에요, 그럴 것 없습니다. 번거롭게 나가 사올 것 없이 나도 그냥 같이 먹으면 됩니다." 하시는 것 아닌가. 그동안 주교님이 도시락만 좋아하시는 줄 알았던 우리는 깜짝 놀랐다. 돈을 아끼느라 도시락만 드신 것도 모르고…. 싸구려 가락국수집에서 있었던 일도 잊을 수 없다. 미사 집전하시는데 기운 빠지면 안 된다며 조르고 졸라 간 국숫집이었다. 드시다가 국수 한 가락을 바닥에 떨어뜨리셨다. 얼른 주우시더니 물에 행군 뒤 입에 넣으시는 게 아닌가. 너무 심하다는 표정으로 바라보자, "괜찮다. 주님 주시는 건 다 괜찮다"며 국물 한 방울 남기지 않고 말끔히 비우셨다. 음식 남기는 걸 극도로 싫어하신 것은 말할 필요도 없다.

후원금 중에 수표가 있으면 "수표 추심료가 아깝다"며 은행에 가서 현금으로 바꿔 오라던 최 주교님, "우리가 천원을 드리면 주교님은 만 원처럼 써주셔서 너무도 고맙고 보람 있다"는 회원들의 말을 가장 큰 상으로 여기셨던 주교님, 낡은 가방에 후원금을 넣어 다시 통일호를 타고 부산으로 내려가시는 뒷모습이 매우 힘겨워 보였지만, 정작

본인은 크게 흡족해 하셨던 주교님….

　최 주교님은 부산교구장으로 임명되신 후 얼마 되지 않아 재정적 후원을 요청하러 미국 교회를 방문한 적이 있다. 그때 일화 하나만 소개하겠다. 당시 수행했던 분의 회고다.

> 최 주교님이 미국에 처음 오셨을 때 뒷굽이 높은 이상한 검은 구두를 신고 계셨다. 도대체 어디서 그런 구두를 구했는지 알 수가 없었다. 그렇다고 물어보기도 뭣해서 그냥 생각만 하고 있었는데, 하루는 그 이상한 굽 높은 구두 때문에 주교님이 발을 삐었다. 더 이상 호기심을 참을 수 없어 어디서 그 이상하게 생긴 구두를 구하셨는지 여쭤보았다.
> "아, 이 구두 부산에 있는 메리놀회 수녀님이 준 거에요."
> 그제야 의문이 풀렸다. 그 구두는 외국 수녀님들이 신는 구두였다. 발을 삔 뒤 아무리 설득을 해도 새 구두로 바꾸려 하지 않으셨다. 할 수 없이 굽을 반으로 잘라내는 선에서 타협을 해야 했다. 그래도 여전히 보기가 이상했지만 더 이상 위험은 없었다.
> 주교님은 시력도 좋지 않은 편이었다. 그런데 끼고

계신 안경은 시력에 거의 도움이 안 되는 렌즈 같았다. 안경을 어디서 샀는지 여쭤보았다. 부산의 시장 길거리에서 아주 헐값에 샀다고 하셨다. 당장 안경점으로 가서 검사를 했다. 결과는 안경 렌즈가 창문 유리보다 별로 나을 것이 없다는 것이었다. 며칠을 설득한 끝에 겨우 새 안경을 맞출 수 있었다.

최 주교님이 이런 청빈의 삶을 살지 않으셨더라면 오늘날의 한국외방선교회와 한국외방선교수녀회, 부산교구는 존재할 수 없었을 것이다. 그때와는 비교할 수 없이 풍족한 시대를 살고 있지만 정신적으로는 그런 것 같지 않다. 물질적인 풍요가 오히려 영혼을 병들게 하는 건 아닌지 모르겠다. 어떤 식으로든 최 주교님의 청빈 정신을 되살리고 싶은 마음 간절하다.

선교회 신부님들 좀 도와주세요

2002년쯤으로 기억한다. 어느 날 주교님이 "마리아, 이제부터는 선교회 신부님들 좀 도와주세요."라고 말씀하셨다. 한국외방선교수녀회 후원회가 활성화되고 자리를 잡아 업무를 수녀회로 이관하기로 했으니, 앞으로는 남자 선교회를 돕는 데 나서달라는 당부였다. 내심 아쉬웠다. 그동안 수녀회 후원회를 키우기 위해 앞뒤 가리지 않고 달려온 지난 시간이 주마등처럼 스쳐지나갔다. 후원회는 나의 분신이나 마찬가지였다.

그러나 내게 주교님의 말씀은 곧 예수님의 말씀이었다. 두말 않고 그러겠노라 대답했다. 그렇다고 후원회 회장을 바로 그만둔 것은 아니었다. 업무를 수녀회로 넘긴 후에도 후원회 일에 계속 관여하다가 1년쯤 후에 다른 이에게 물려줬다. 회장을 그만뒀다는 것이지, 후원회에서 완전히 손을 뗐다는 것은 아니다. 지금도 수녀회 후원회 일이라면 내 일처럼 나서서 음으로 양으로 지원을 하려고 노력한다. 주교님이 살아 계실 때도 그랬고, 돌아가신 이후도 마찬가지다.

남자 선교회를 도우라는 주교님의 지시를 받은 후 나는 남자 수도회, 그러니까 한국외방선교회 후원회를 키우는 일에 집중하게 됐다. 물론 그 전에도 돕지 않은 것은 아니었으나, 그것은 순전히 개인적 차원의 후원이었다. 후원회 키우는 일이 급선무였다.

가장 먼저 몸담고 활동하던 다른 단체 모임을 선교회 후원회로 탈바꿈시켰다. 회원들이 선교회 후원의 취지에 적극 동의해준 덕분에 가능한 일이었다. 선교회 후원회 산하로 들어오면서 글라라회라고 이름 붙인 이 모임은 나로서는 처음으로 조직한 남자 선교회 후원 모임이었다. 주교님의 당부 이후 나의 관심은 점차 선교회 후원 모임을 만드는 일에 모아졌다. 2004년 봄, 한국외방선교회 신부님을 모시고 다녀온 성모 마리아 발현지 성지순례는 후원회 모임을 연달아 발족시키는 결정적 계기가 됐다. 성지순례에 함께 다녀온 이들 가운데 6명을 모아 선교회 후원 모임인 예수 성심회를 만들고 그 모임의 회장을 맡았다.

성지순례 참가자 중에 어머니를 모시고 함께 온 김 세실리아가 있었다. 제주도에서 약사로 일하는 자매였다. 성지순례를 하는 동안 죽 지켜봤는데, 참 착하고 신앙도 깊었다. 나는 세실리아를 보면서 제주도에도 후원회를 한 팀 만들면 좋겠다는 생각이 퍼뜩 들었다.

"세실리아, 우리 제주도에 선교회 후원회 한 팀 꾸리면 어떻겠나?"

"어떻게 하는 건데요?"

"세실리아가 아는 신자 몇 명만 모아주면 내가 가서 후원회의 취지를 설명할게."

얼마 후 세실리아에게서 연락이 왔다. 사람을 모아 놓았단다. 만나 보니 대부분 세실리아와 친분이 있는 약사와 의사들이었다. 최 주교님이 하시는 것처럼 그들에게 외방선교 후원회의 필요성을 역설하고 도움을 요청했다. 다행히 모두가 적극 지지해줬다. 그래서 꾸려진 팀이 정난주회다. 정난주(마리아, 1773 ~ 1838년 정약용의 질녀)는 순교자 황사영 알렉시오의 부인으로서 제주도로 유배를 와 살다가 그곳에 묻힌 신심 깊은 신앙 선조의 이름이다.

수녀회 후원회장을 물려준 이가 송 안젤라인데, 그녀를 예수 성심회로 인도했다. 별도로 건설회사 회장인 안젤라의 남편을 중심으로 남성 후원팀을 하나 만들면 좋을 것 같아 베드로회를 결성했다. 나는 내가 다니는 둔촌동본당 남성 신자들을 베드로회에 가입시켜 활성화하도록 힘을 보탰다. 베드로회는 해체됐지만 그냥 사라지고 만 것은 아니었다. 그것을 통해 연결된 이가 서 라파엘 형제인데, 로스앤젤레스에서 활동하는 사업가였다. 이 분이 매우 열정적이었다. 라파엘이 미국에서 별도의 후원팀을 만들어 지금껏 열심히 후원하고 있다.

이렇게 내가 꾸린 선교회 후원팀은 글라라회, 예수 성심회, 정난주회, 베드로회 등 모두 4개다. 외방선교회에서는 소그룹 후원 모임을 지역 본당 중심의 후원회와 구분해 장학회라고 부른다. 후원회와 장학회로 이원화돼 있는 셈이다. 지금은 전국적으로 확산됐지만, 장학회를 만들 당시만 해도 지금과 달리 후원 모임이 많지 않았다. 나는 장학회를 4개씩이나 만든 것에 대해 나름대로 자부심을 갖고 있다. 후원회 활동을 해본 사람은 알겠지만 회원 한 명 모집하기가 얼마나 힘든 일인지 모른다. 그런데 나는 한두 명

이 아니라 4개 팀, 그러니까 숫자로 따지면 무려 40여 명
을 후원회로 인도한 것이다.

  돈이 되는 일도 아닌 봉사 활동을 오랜 세월에 걸쳐 꾸
준히 하는 이를 찾기란 여간 어려운 일이 아니다. 많은 이
들이 처음에는 열정을 가지고 덤벼들었다가 조금만 어려
운 일이 생기면 금방 발을 빼고는 한다. 그럴 때마다 나는
십자가의 예수, 마리아님께 매달렸다. 어디서 그런 힘이
생겼는지는 모르겠다. 어떤 상황에서도 자식을 포기할 수
없는 엄마와 같은 마음이라고 할까. 나는 후원회 일을 결
코 포기할 수 없었다.

  최 주교님을 처음 만난 1986년부터 40년 가까이 흐른
지금도 그렇다. 지금은 비록 늙어 예전처럼 활발하게 활동
할 수는 없지만 마음은 그때나 지금이나 똑같다. 한국외방
선교회와 한국외방선교수녀회는 나와 동고동락 해온 평생
의 동반자다.

해돋이에서 해넘이까지
– 후원회원 위한 자선 음악회

'해돋이에서 해넘이까지'는 한국외방선교회가 후원
금 모금을 위해 2004년부터 매년 개최해온 자선 음악회다.
음악회 제목은 해가 뜰 때부터 해가 질 때까지, 해가 뜨는
곳에서 해가 지는 곳까지 세계 모든 곳에 예수 그리스도의
복음을 전하겠나는 외방신교회의 강한 의지를 담고 있다.
코로나로 인해 열리지 못하다가 2023년부터 다시 개최하
기 시작했다. 올림픽공원 역도경기장에서 열린 첫 음악회
는 규모가 그리 크지 않았다. 이후 성남아트센터와 여의도
KBS공개홀로 무대를 옮기면서 점차 규모가 커져갔고, 한
국외방선교회를 상징하는 후원 행사로 자리를 잡았다. 음

악회에 출연하는 많은 음악가들이 출연료를 받지 않거나 다른 무대에 비해 저렴하게 받아 큰 도움을 줬다. 외방선교회를 돕는 데 힘을 보태준 그분들에게 감사할 따름이다.

나는 제1회가 열린 2004년부터 제17회가 열린 2023년까지 한 번도 빠지지 않았다. 매번 혼자 간 적도 없다. 같이 갈 만한 사람들을 물색한 다음 전화를 돌렸다. 외방선교회에 대해 아는 후원회원이나 가톨릭 신자가 아니어도 상관없었다. 초대권을 주기도 하고 표를 사서 주기도 하고, 아무튼 누구의 손이라도 잡고 가서 주머니를 열게 만들었다. 힘들고 귀찮고 번거로운 일이었지만 할 수 있는 최선을 다하고 싶었다.

2023년 6월 명동성당에서 열린 음악회가 가장 기억에 남는다. 코로나 탓에 4년간 공백 끝에 열린 데다 온몸으로 지휘하는 성기선 교수의 모습이 벅찬 감동을 줬기 때문이다. 완전히 반했다. 초대권을 받고 음악회에 참석한 지인은 전화를 걸어 "아니, 외방선교회에서 그렇게 수준 높은 클래식 공연을 다 하느냐, 너무 좋았다, 선교회를 다시 봤다"며 입이 마르게 칭찬했다. 나는 내년에도 꼭 참석할 것을 신신당부했다. 어떤 식으로든 선교회를 후원하는 데 도움이 될 것이라고 믿었기 때문이다.

○ 2023년 명동성당에서 열린 제17회 '해돋이에서 해넘이까지' 공연 모습.
코로나로 인해 4년만에 재개된 연주회였다.

○ 2024년 4월 13일 KBS콘서트홀에서 열린 제18회 공연 모습. 2004년 시작된 이 자선 음악회는 한국외방선교회를 상징하는 대표 후원 행사로 자리 잡았다.

이전에 열린 음악회가 주로 선교지의 재난 구호, 성전 건립, 학교 신축 등 특정 목적의 기금 마련을 위해 열린 것이었다면, 2023년 음악회는 눈에 보이지 않게 매일, 매달, 매년 지속적으로 필요한 선교 자금을 마련하기 위해 열렸다.

한국외방선교회 총장 정두영 신부는 음악회에서 "현재 9개 나라에서 활동하고 있는 73명의 선교사에게 들어가는 고정 비용은 만만치 않은 액수"라며 "이는 그들의 활동을 재정적으로 뒷받침해야 하는 선교회 본부에 엄청난 도전이 되고 있다"고 어려움을 호소했다. 그러면서 음악회가 구슬땀을 흘리고 있는 선교사들의 선교 자금을 마련하는 데 큰 보탬이 되고, 우리의 선교 열정에 다시 불을 지피는 기회가 되기를 희망했다.

음악회는 물론 선교회 후원과 관련해 빼놓을 수 없는 이가 조옥선 세실리아 회장이다. 사실 2023년 음악회를 명동성당에서 열 수 있었던 것도 사실 세실리아 회장의 역할이 컸다. 발 벗고 나서 명동성당을 섭외한 이도, 성기선 교수와 클래식 공연진을 섭외한 이도, 음악회에 큰 기금을 내놓은 이도 세실리아였다.

그녀와의 인연은 세실리아가 둔촌동본당 신자들이 주축이 된 선교회 후원 모임인 모니카회에 들어오면서 시작됐다. 큰 사업체를 경영하는 세실리아는 선교회 후원회 일이라면 아낌없이 내놓았다. 이런저런 목돈이 필요한 일이 생기면, 선교사들이 현지에서 어려움을 겪는다는 소식을 들으면, 자신의 지갑을 여는 데 주저함이 없었다. 한마디로 후원회의 큰 손이었다. 하느님을 위한 일이라면, 복음을 전하는 일이라면, 가진 것을 다 바칠 태세였다. 큰돈을 쓰면서도 "하느님으로부터 받은 것, 하느님께 되돌려 드리는 게 당연하다"면서 한 번도 자신을 드러내거나 생색내는 일이 없었다.

나는 세실리아가 부러울 때도 있었다. 경제적 여유가 있어 목돈을 선뜻 내놓을 수 있으니 말이다. 나도 선교회에 일이 있을 때마다 나름대로는 금전적 정성을 다하지만, 아무려면 세실리아에 비할 바가 아니다. 대신 나는 몸으로 뛰었다. 후원회원 한 명이라도 더 모으고, 은인 한 명이라도 더 연결시키기 위해 발버둥쳤다. 그 또한 하느님 보시기에 어여쁜 일 아니겠는가. 세실리아는 세실리아에게 주어진 달란트대로, 나는 나에게 주어진 달란트대로 살았다.

선교회 후원회 총회장을 지낸 세실리아는 몇 해 전 외방선교회 신부들이 선교사로 활동하는 아프리카 모잠비크로 선교 체험을 다녀왔다. 그러면서 "척박한 환경 속에서도 배움의 끈을 놓지 않으려 애쓰는 가난한 젊은이들을 보면서 너무나 안타깝고 슬퍼했다. 그런 선교 현장에서 어떠한 고생도 마다하지 않으면서 열심히 일하는 신부들의 모습에서 큰 감동을 받았다"는 소감을 말한 바 있다.

"가장 보잘 것 없는 이들 가운데 한 사람에게 해준 것이 바로 나에게 해준 것이다"는 예수님의 말씀을 항상 가슴에 새기고 산다는 세실리아, 늘 고맙고 존경스럽다.

외방선교회 후원회 활동의 보람과 즐거움

　　선교회 후원회(장학회) 모임은 매월 한 차례다. 모임 때마다 외방선교회 신부를 담당 사제로 모셔 미사를 드리고 식사도 함께하고 회비도 낸다. 모임에 갈 때마다 늘 즐겁다. 가기 전부터 흥분되고 기대감에 들뜨게 된다. 신부들이 회원들을 기분 좋게 해주려고 얼마나 애쓰는지 모른다. 아무리 늙었어도 예쁘다는 소리를 싫어할 여자는 없다. 새 회원이 인사하면 신부는 "글라라회에는 예쁜 사람들만 들어오네. 글라라회 따봉!" 하며 회원들을 웃긴다. 모임을 활성화하기 위해, 회원들을 즐겁게 하기 위해 과장해서 하신 말이라는 걸 모를 리 없지만 아무렴 어떤가. 기분은 최고였다. 회원들에게 한마디라도 더 좋은 말을 해주려고 열과 성을 다하는 모습을 보면 마음이 짠해지고는 한다. 늘 다음 모임이 기다려진다.

신부들이 모임 때마다 들려주는 생생한 선교 체험담처럼 귀를 쫑긋 세우게 하는 것도 없다. 고생고생, 그 고생 어찌 다 말로 표현할 수 있을까. 당장 먹는 것만 해도 그렇다. 선교 수녀들이야 아무래도 여성이라 선교 현지에서라도 이것저것 직접 해먹을 수 있지만, 신부들은 그렇지 못하다. 제대로 먹질 못하니 병이 날 수밖에…. 내 자식 또래의 선교사 신부들이 고생하는 이야기를 듣다 보면 엄마 같은 마음에 안쓰럽기 이를 데 없다.

아프리카 모잠비크에서는 밤에 무서운 동물들이 돌아다녀 밖으로 나갈 수 없다고 한다. 밤에 운전하다가 차가 웅덩이에 빠졌는데, 거기에서 빠져나오질 못해 세상을 떠난 신부도 있었다. 얼마나 가슴 아픈 일인가. 나는 선교사 신부들이 내 자식처럼 느껴졌다. 집 떠나 고생하는 아들에게 맛있는 것 하나라도 더 먹이고 싶은 엄마의 마음으로 뭐라도 더 도와주고 싶었다.

가끔은 신부들이 활동하는 해외 선교지를 후원회원들이 직접 방문할 때가 있다. '백문불여일견'이라고, 직접 가서 보면 한국에서 이야기로만 듣는 것하고는 생생함이 천지 차이였다. 나는 캄보디아 선교 현장을 다녀온 적이 있다. 신부들이 얼마나 고생하는지 두 눈으로 직접 확인하면서 후원회 활동에 더욱 적극적으로 나서지 않을 수 없었다.

1년에 한 번 후원회원이 다 함께 떠나는 국내 성지순례도 즐거운 추억이다. 외방선교회가 후원회원들의 은혜에 보답하고자 개최하는 '후원회원의 날'로 마련된다. 기차도 타고, 버스도 타고, 먹여 주고, 재워 주고…. 이것처럼 신나는 소풍이 또 있을까. 선교회에서 알아서 다 준비하니 우리는 그냥 마음 편하게 따라가 즐기기만 하면 됐다. 후원회원의 날에는 외국에서 선교하는 신부들도 많이 참석했다.

행사의 백미는 신부들의 장기자랑이다. 선교 현지의 전통 의상을 입은 신부들이 그 나라의 풍습을 연극처럼 공연하는 것을 보고 있노라면 얼마나 유쾌하고 재미있는지 모른다. 그들의 공연을 보노라면 후원회원들의 지원 덕분에 해외에 나가 선교할 수 있다고 고마워하는 신부님들의 진심이 고스란히 느껴졌다.

그렇지만 사실 고마워해야 할 이는 회원이 아니겠는가. 신부들이 우리를 대신해서 이역만리 머나먼 땅에서 복음의 씨앗을 뿌리느라 땀과 눈물을 쏟고 있으니 말이다. 후

○ 1년에 한 번 후원회원이 다 함께 떠나는 국내 성지순례도 즐거운
추억이다. 외방선교회가 후원회원들의 은혜에 보답하고자 개최
하는 '후원회원의 날'로 마련된다. 사진은 2013년 후원회 기차여
행(왼쪽 위). 후원회 성지순례(오른쪽 아래).

원회원의 날은 한마디로 최 주교님의 영성인 '감사와 보은'이 실현되는 현장이었다. 회원들의 정성을 잊지 않고 보답하려 애쓰는 신부들의 모습이 참으로 가상했다. 하늘에 계신 주교님도 보은의 정신을 따르는 사제들을 보며 흐뭇해하셨을 것 같다.

　지금도 세계 각지의 선교지로 파견돼 현지의 가난한 이들과 함께 울고 웃고 있을 선교사 신부들이 눈에 선하다. 어떤 일이든 재정적 뒷받침이 부실하면 제대로 해내기 어렵다. 선교 활동도 예외는 아니다. 선교사들이 파견된 지역은 대부분 우리나라보다 훨씬 못 사는 빈곤한 나라들이다. 가난한 이들에게 복음을 전하는 데는 많은 지원이 필요하다. 우리나라가 지금과는 비교할 수 없을 정도로 가난했던 시절에 외국 선교사들이 우리 땅에서 어떻게 복음을 전했는지 생각해보면 해야 할 일은 분명해진다. 직접 나서서 선교할 수 없다면, 우리를 대신해서 고생하는 선교사를 돕는 것이 임무다. 받았으면 그만큼 갚는 것이 인간의 도리 아닌가. 최 주교님이 입이 닳도록 감사와 보은의 정신을 강조하신 것은 바로 그런 이유에서다. 좀 더 많은 이들이 선교와 선교회 후원에 관심을 가져줬으면 좋겠다는 바람을 가져본다.

한국외방선교회가 걸어온 길

최재선 주교님이 1975년에 설립한 한국외방선교회
는 한국 가톨릭 교회가 해외 선교를 위해 처음으로 설립한
선교회다. 한국외방선교회의 설립은 한국 교회가 '받는 교
회에서 주는 교회로 전환'했음을 알리는 것으로, 한국 교
회사에 한 획을 긋는 역사적 사건이었다. 그동안 도움만
받다가 이제는 거꾸로 도움을 주게 된 것이다.

최 주교님은 평소 하느님이 우리나라에 베풀어주신
큰 축복과 많은 외국 선교사들의 피땀 어린 노고에 항상
감사하는 마음을 품고 있었다. 그리고 크게 성장한 한국
교회는 마땅히 그 은혜를 갚아야 한다는 보은의 정신도 잊

지 않고 있었다. 선교회의 설립은 주교님의 그러한 감사와 보은의 정신이 구체적으로 드러난 결실이었다.

한국외방선교회의 설립은 1973년 최 주교님이 부산교 구장에서 물러나면서부터 본격화됐다. 선교회 설립은 그 때부터 10년 후인 1984년에 열릴 '한국 천주교 200주년 기 념사업'의 하나가 됐다. 뿐만 아니라 가톨릭교회의 근본 과제인 '세계 복음화'에 한국 교회도 참여한다는 데 의미가 크다는 것이 주교님의 생각이었다.

그러나 선교회 설립은 많은 우여곡절을 겪어야 했다. 교 회 내부에서는 걱정하는 목소리가 컸다. '우리도 아직 사 제가 부족한데', '경제적 능력도 없는데', '너무 이른 것 같 은데', '해외 선교에 대해 아는 것도 없는데' 등의 이유였 다. 최 주교님이 발 벗고 나선 덕분에 다행히 1975년 주교 회의 춘계 정기총회에서 한국외방선교회 설립 건이 통과 됐다.

주교님과 뜻을 같이하는 서울과 부산의 신자들, 그리고 해외 선교에 관심 있는 이들이 모여 후원회를 결성한 것도 큰 위안이 됐다. 최 주교님은 외방선교회 지원자들을 모집 하기 위해 혼신의 힘을 다 쏟으셨다. 지원자 없는 선교회 는 있을 수 없기 때문이었다. 최 주교님은 지원자가 있다면 시골을 방문하는 것도 마다하지 않으셨다. 주교님이 직접 발로 뛴 결과, 1976년 3월에 선교회 신학원을 개원하고 대신학교 학생 16명, 소신학교 학생 33명을 선발할 수 있었다.

한국외방선교회는 "너희는 온 세상에 가서 모든 피조물에게 복음을 선포하여라"는 주님의 부르심에 응답해 인류 복음화에 헌신하고자 태어났다. 복음의 씨앗을 스스로 받아들인 신앙 선조들의 모범을 본받아 하느님과 세계 교회로부터 받은 은혜에 보답하려는 것이었다. 주님의 섭리로 우리 땅에 복음이 전해진 것처럼 한국외방선교회도 주님의 섭리에 따라 탄생했다. 한국외방선교회 기도문에는 그러한 뜻이 잘 담겨 있다.

> 한국 땅에 복음을 기묘히 들어오게 하신 하느님,
> 103위 성인들과 수많은 교우들의 영광스러운 순교로
> 신앙을 이 땅에 빛나게 하셨으니 감사하오며,
> 그들의 전구를 들으시어
> 한국외방선교회를 축복하여 주소서.
> 또한 저희 모두가 그들의 신앙과 순교 정신을 본받아
> 복음 전파에 전념함으로써

하느님의 나라가

모든 민족들 안에서 퍼져나가게 하소서.

우리 주 예수 그리스도를 통하여 비나이다.

아멘.

+ 우리의 도움이신 성모 마리아님,

○ 저희를 위하여 빌어주소서.

+ 한국의 모든 순교자여,

○ 저희를 위하여 빌어주소서.

   한국외방선교회가 배출한 첫 번째 선교사제는 1981년에 사제품을 받은 김동기 신부이다. 김 신부는 그해 11월 파푸아뉴기니 마당대교구에 파견됐다. 선교회의 첫 번째 선교사였다. 선교회는 1992년 선교사제 양성의 요람이 될 신학원 축복식을 가진 데 이어 그해 12월에는 파푸아뉴기니에서 선교 활동 중이던 정두영 신부를 제2대 총장으로 임명했다. 정 신부의 총장 취임은 외방선교회 출신 사제가 선교회의 운영을 직접적으로 책임지게 됐다는 것, 그래서 좀 더 현실감 있고 구체적인 선교 활동을 할 수 있는 기반을 마련했다는 점에서 굉장히 큰 의미를 지니는 일이었다.

   선교회는 1995년 선교회 본부를 동소문에서 현재의 위치인 성북동으로 이전했다. 2004년 주교회의 추계 정기총

회 결정에 따라 서울대교구장이 당연직으로 선교회 총재
직을 맡게 됐다. 그리고 그해 10월에는 선교회 후원을 위
한 자선 음악회 '해돋이에서 해넘이까지'를 올림픽공원 역
도경기장에서 개최했다. 음악회는 코로나 기간 3년을 제
외하고는 매년 열리고 있다.

　선교사 파견도 지속적으로 이뤄졌다. 1990년에는 대만
신쭈교구에 선교사를 파견했다. 대만 교회의 교세 위축,
만성적인 성소자 부족, 사제 고령화 등의 이유로 새로운
활력을 불어넣어줄 젊은 사제가 필요했기 때문이다. 1996
년 홍콩과 중국에도 선교사를 파견한 데 이어 2001년에는
캄보디아 캄퐁참교구와 러시아 이르쿠츠크에 선교사제를
파견했다. 캄보디아에서는 기반이 열악한 본당 사목과 현
지 진료소 운영 등을 통해 가난하고 소외된 이들에게 다가
가고 있다.

　2004년 아프리카 모잠비크 리창가교구에 선교사제 3명
을 파견한 것은 아프리카 선교의 교두보를 마련하는 역사
적인 사건이었다. 2007년에는 필리핀 바기오교구에, 2010
년에는 멕시코에, 2012년에는 미국 앵커리지대교구와 뉴
욕 브루클린교구에도 각각 선교사제를 파견했다.

　한국외방선교회가 선교사제를 파견한 나라는 파푸아뉴

기니, 대만, 중국, 캄보디아, 모잠비크, 필리핀, 멕시코, 미국, 태국 등 모두 9개 나라이며, 파견한 선교사 수는 80명을 웃돈다.

세계 방방곡곡으로 흩어져 복음의 씨앗을 뿌리려면 굉장히 많은 선교사가 필요하다. 할 일은 많은데, 일할 사람은 늘 부족하다. 나는 오늘도 많은 젊은이들이 외방선교회 성소자를 지망해 하느님의 말씀을 전하는 데 투신하기를 바라며, 선교 성소를 위한 기도를 바친다.

O 한국외방선교회가 선교사제를 파견한 나라는 파푸아뉴기니, 대만,
   중국, 캄보디아, 모잠비크, 필리핀, 멕시코, 미국, 태국 등 모두 9개
   나라이며, 파견한 선교사 수는 80명을 웃돈다.

○ 2004년 아프리카 모잠비크 리창가교구에 선교사제 3명을 파견
한 것은 아프리카 선교의 교두보를 마련하는 역사적인 사건이었다.
2019년 모잠비크 리칭가교구 마루빠 성당 미사 후 신자들과 함께 .

선교사제의 선교 현장에서

　　한국외방선교회 선교사제의 현지 사례를 소개하고
자 한다. 선교사는 어떤 일을 겪으며, 어떤 일에 울고 웃는
지 보여주는 가슴 따뜻한 이야기다. 파푸아뉴기니에서 선
교하고 있는 박영주 신부의 '선교지에서 온 편지'를 싣는
다. 2012년 2월 가톨릭평화신문에 연재됐다.

　　파푸아뉴기니 마당대교구에 하느님 말씀이 전해진
지는 100년이 조금 넘는다. 그 신앙의 열매라고 할
수 있는 젊은 현지인 신부 12명을 비롯해 미국인, 독
일인, 필리핀인, 인도네시아인 등 외국인 선교사제

들이 있다. 한국외방선교회 젊은 신부 5명도 이곳 사제단의 일부다. 파푸아뉴기니 모든 교구가 그렇듯이 마당대교구도 사제가 부족하다. 아직도 외국인 선교사가 3분의 2를 차지한다. 예전 교구청 자리에 성직자, 수도자 묘지가 있다. 이곳에 잠들어 계신 분들은 소망대로 선교지에서 신앙을 증거하다 삶을 마감하셨다. 지금보다 더 어려운 시기에 오셔서 복음의 씨앗을 뿌리고 성당을 짓고, 또 많은 시행착오를 겪으셨을 것이다.

이분들의 선교 활동은 현재 진행형이다. 나 같은 후배들에게는 선교적 삶의 증인이시다. 지난해 선종하신 존경하는 신부님 무덤도 여기에 있다. 그분의 자상한 생전 모습이 떠오른다. 신부님은 자신보다 신자들을 더 사랑하셨다. 암 말기까지 신자들을 위해 본당을 떠나지 않으시고 피를 쏟는 고통을 참아가며 삶을 봉헌하셨다. 원주민들 역시 신부님을 존경했다. 또 다른 십자가가 눈길을 끈다. 20대 후반에 이곳에 오셔서 채 1년도 사시지 못하고 돌아가신 분이다. 몇 줄 안 되는 비문 약력이 마음을 저리게 한다. 아마 말라리아 때문에 돌아가셨을 것이다. 말라리아는 강적 중의 강적이다. 나 역시 9년 동안 말라리아와 숱하게 싸웠다. 신부가 말라리아에 걸리면 사람들은 사제관 근처에 얼씬도 하지 않는다. 초기에는 매정하다고 탓했다. 밀림에서 말라리아에 걸리면 '휴식이 약'이기에 방해하지 않으려는 배려라는 것을 뒤늦게 알았다. 홀로 1~2주간 천장만 바라본 채 끙끙거리고 나면 어느 정도 거동할 만하다. 그 즈음이면 마음이 상쾌해진다. 어둡고 답답한 터널을 빠져나온 뒤에 느끼는 안도감과 비슷하다. 공소 방문 역시 어려운 일 중 하나다. 소진된 체력으로 모기와 독충과 싸우는 일은 소소한 삶이면서 가장 힘든 일 중 하나다.

내가 사목하는 본당 사목위원들과 '우리 가운데 누가 불쌍한 사람이고, 누가 도움이 필요한가?'를 주제로 이야기를 나눴다. 불쌍한 사람이라고 하면 흔히 고아나 홀몸노인, 노숙자 등을 떠올린다. 그런데 이곳 밀림에서는 이 주제가 실로 난해(?)하다. 그 이유는 이러하다. 우리 본당은 해안가와 떨어진 산속에 있다. 가장 가까운 마을에 가려고 해도 30분은 족히 걸어야 한다. 여느 산골 사람들처럼 원주민들은 순박하다. 나 또한 이곳 선교사들이 그러하듯이 본당 신부부터 사무장, 관리인, 식사 도우미, 외국인 노동자(?) 역까지 1인 5역을 한다. 태양열로 배터리를 충전해 10W 전구를 사용하고, 빗물을 탱크에 저장해 식수로 쓰고, 빨래도 직접 한다. 신자 수는 약 1700명이다. 이들은 밀림에 보금자리를 만들어 자연과 함께 살아간다. 가파른 산기슭이 많아 평지라고 해봐야 배구경기를 겨우 할 수 있는 터가 전부이다.

이들은 산에서 채취한 나무와 잎으로 집을 짓고, 화전을 일군다. 산기슭 아름드리나무를 도끼로 쓰러뜨리고 태워서 밭을 만든 후 거기에 고구마와 따로 등 뿌리식물을 심는다. 옥수수와 호박, 오이 같은 작물도 심는다. 이 수확물들이 주식(主食)이다. 이들은 아침에 고구마·옥수수·호박, 점심에 옥수수·호박·고구마, 그리고 저녁에 호박·고구마·옥수수를 먹는다. 그런데 이들은 사실 저녁 한 끼 넉넉히 먹는 편이다. 대부분의 시간을 농사짓는 데 보내지만 하루 세 끼를 배불리 먹는 사람은 없다. 독을 품은 듯이 작열하는 한낮 태양은 모든 것을 정지시킨다. 열대지방 사람들은 게으르다는 선입견을 한방에 날려버리고도 남는 불볕이다. 얼키설키 심어놓은 농작물을 바라보노라면 이들의 정성을 알 수 있다.

원주민들은 새벽녘 동트기 전, 그물 같은 커다란 망태기에 농작물을 가득 담아 3~4시간 산 넘고 물 건너 시장에 걸어간다. 고구마 40kg을 팔면 한국 돈으로 2만 원 가량 받는다. 원주민들은 그 돈으로 소금 한 봉지, 석유, 쌀, 생선 통조림 한두 개, 라면, 그리고 아이들이 좋아하는 사탕과 과자를 산다. 해질녘이면 아이들은 동네 어귀에 옹기종기 모여 잔뜩 기대를 걸고 장에 나간 부모를 기다린다. 우리 원주민 사회에는 '고아'라는 단어가 없다. 부모가 일찍 세상을 떠나거나 이런저런 사정으로 아이 홀로 남게 되면 직계 형제자매들이나 친척들이 아이를 거둔다. 그래서 한 가정에 자녀가 10명 또는 그 이상인 경우도 있다. 그래서 고아나 소년소녀가장이 없다. 공동체 모두가 동족에 대한 부양 의무가 있다. 이들이 누구를 거둬 키운다고 해서 고맙다는 인사를 듣거나 하지도 않는다. 이들은 묵시적으로 믿고 있다. 그 고마움을 잊지 않고 훗날 네가 나를 필요로 할 때 반드시 도와준다는 것을.

선교사 생활 초기에는 이런 공동체 질서를 모르는 탓에 마음고생을 했다. 크고 작은 도움을 주고 있는데, 왜 "고맙다"는 인사를 하는 사람이 없는 거지! 이런 생각이 들 때마다 적잖이 서운했다. 그러나 돌이켜보면 나는 내가 준 도움 그 이상으로 받았다. 오토바이가 도로에서 펑크 났을 때, 차가 수렁에 빠져 오도가도 못 할 때, 그들은 주저하지 않고 밀어주고 당겨주고 고쳐줬다. 석양이 질 무렵, 밀림 속에 하나둘 피어오르는 연기는 더도 덜도 아닌 일용할 만큼의 양식을 준비하는 풍경이다. 단순하고 여유 있고 충만한 하루를 마감하는 이들에게 무엇이 더 필요할까?

마침내 사목위원들은 이런저런 얘기 끝에 결론을 내렸다. "불쌍한 사람이란 의약품이 없어 며칠씩 기침을 하다가 세상을 뜨고, 제때 약을 먹지 못해 병을 키우는 이들이다. 주일미사에 참례하지 않고, 기도생활에 게으른 사람, 성사생활에 적극적이지 않은 사람 등 영적으로 충만하지 않은 사람도 우리가 도와야 할 불쌍한 사람이다."

점점 희미해지는 10W 형광등 아래 시계가 밤 9시를 알린다. 아직 할 일이 남았는데…. 유난히 흐렸던 오늘 날씨를 탓한다. 물탱크에 모인 빗물이 얼마 남지 않았는데, 내일은 비가 내려 탱크를 채워주면 좋으련만, 이런저런 고민을 하고 있다. 원주민들의 가장 큰 소원은 양철지붕 집을 갖는 것이다. 양철지붕 아래 살면서 10W 태양열 전구 불빛과 물 걱정을 하는 나는 부끄럽게도 원주민들에게 선망의 대상이다.

혼란스러웠다. 몸조심하면서 마음 준비를 단단히 했건만 공소 방문 출발 사흘 전, 불청객 말라리아가 찾아왔다. 독한 말라리아약은 신체 저항력은 물론 정신력까지 뚝 떨어뜨린다. 무사히 마칠 수 있을까? 공소 신자들 얼굴이 떠올랐다. 그들은 세 달 전부터 내가 찾아오기만을 목 빼고 기다렸다. 정성 들여 완공한 사제관과 성모동산 축복식도 해야 한다. 이런저런 생각이 엇갈릴 즈음, 한 성구(聖句)가 내 무의식을 흔들어 깨운다. "자, 일어나 가자"(요한 14,31).

공소를 방문하려면 단단히 준비해야 한다. 보통 한 달 전에 공소 회장들을 불러 사목회의를 한다. 그들을 통해 공지사항을 전달하고, 공소 현황을 취합한다. 전례 거행에 따른 준비도 시킨다. 전례 관련 준비물과 개인 소지품도 꼼꼼히 챙겨야 낭패를 보지 않는다. 약간의 소금과 고추장은 탈수 방지와 컨디션 유지용(?)이다. 사탕도 준비한다. 사탕은 초롱초롱한 눈망울로 내 일거수일투족을 지켜볼 아이들 몫이다.

공소 방문을 마치고 돌아오면 5kg 정도 몸무게가 빠져 있을 날씬(?)한 몸매도 상상해 본다. 이번에는 본당에서 가장 멀리 떨어져 있는 시구공소 축복식을 한다. 옛날에는 신부가 상주했다고 하던데, 내가 부임했을 때는 성당과 사제관은 무너지고 주변은 갈대와 잡풀 투성이였다. 100년 역사를 지닌 시구성당은 1970년대 큰 지진이 발생해 폐허가 될 정도로 파괴됐다. 원주민들이 모두 떠나 성당은 오랫동안 비어 있었다. 그러던 것을 인근 마을에서 이주한 두 가정이 나서서 수리를 시작했다. 반파된 사제관과 성모동산 공사도 했다. 근래에 주민들이 돌아오기 시작하더니 지금은 열 가정이 둥지를 틀었다. 그런데 한 달이면 마칠 수 있는 공사가 2년 가까이 걸렸다. 차가 접근할 수 없어 건축 자재를 사람 손으로 일일이 날라야 했기 때문이다. 양철지붕, 못, 시멘트, 페인트 등 모든 자재들은 신자들이 짊어지고 산 넘고 물 건너 날랐다. 짐 없이 걸어도 아찔한 구간이 많은 길인데 말이다. 그들은 자재를 머리에 이고 등에 지고 산길을 걸으며 무슨 생각을 했을까?

지금은 우기(雨期)이다. 우중 산행은 반갑지 않은 복병을 만나기 일쑤다. 계곡 상류쪽 기상과 하류쪽 기상이 다르다. 날씨는 수시로 바뀐다. 갑자기 불어난 급류에 막혀 나뭇잎과 풀잎으로 만든 냇가 근처 움막에서 노숙을 해야 하는 경우도 있다. 이럴 때면 눈물어린 장면이 연출된다. 피에 굶주린 정글 모기들은 나를 둘러싸고 '파티'를 벌인다. 그 와중에 비에 젖은 비스킷을 먹는 내 모습은 처량하기만 하다. 건너편 냇가로 마중을 나와 기다리던 원주민 신자들 몰골도 처량하기는 마찬가지다. 몇 사람이 옹기종기 모여앉아 건너편에 있는 신부를 걱정한다. "그만 돌아가라"고 소리치지만 극구 사양하고 기다리는 그들의 단호한 모습은 공소 방문의 압권이며, 밀림 속 선교사 생활의 정점이다. 공소 방문은 도전 정신과 선교사 정체성을 강렬히 심어준다. 체력이 한계에 부딪치면 '몇 달 후에 다시 이곳을 방문할 수 있을까?' 하는 나약한 생각이 든다. 몸에서 더 빠져나올 수분이 없을 것 같은데도 땀은 계속 흐른다. 배낭은 벗어던지고 싶다. 옷과 신발도 천근만근 무겁게 느껴진다. 그럴 때마다 스스로 질문을 던지면서 중얼거린다. "내가 마셔야 할 잔입니까! 그래도 가야 한다. 자, 일어나 가자."

어쨌든 공소 방문을 무사히 마쳤다. 본당으로 복귀

하는 길, 마중 나온 본당 신자가 십리 밖에서도 들리는 북을 쳐서 내가 도착했음을 알린다. 예정보다 이틀이나 늦게 도착했다. 신자들이 걱정을 많이 한 모양이다. 말라리아에 걸려 비틀거리며 출발했는데 예정보다 이틀이나 늦었으니 말이다. 나중에 들으니, 신자들은 이틀이 지나도 내가 돌아오지 않자 정글 어딘가에 쓰러져 있을 나를 후송하기 위해 들것을 만들고 구조대를 조직했다고 한다. 여느 공소 방문 때와 마찬가지로 몸이 파김치가 됐다. 특히 피부가 많이 상했다. 모기와 벌레에 물린 건 둘째 치고, 땀 알레르기로 생긴 피부병이 목 주위와 팔에 넓고 빨갛게 퍼졌다. 열대지역에서는 평생 안고 갈 십자가인 듯싶다. 침상에 누웠지만 잠이 오지 않는다. 산 속에서 지낸 영상이 아른거린다. 영상이 확대됐다가 사라지고 또 다른 영상이 이어진다. 성체를 모시고 기뻐한 신혼부부 3쌍, 평생을 밀림에서 살아온 노인들, 사탕을 받아들고 입이 귀에 걸린 천사들…. 그들을 만나게 섭리하신 하느님께 감사드린다. 석 달 후 다시 만날 것을 기약한다.

선교 성소를 위한 기도문

온 세상, 모든 민족들의 구원을 원하시는 하느님,
오늘도 당신 성령을 보내시어,
당신 복음을 전파하는 모든 이들을 도우소서.
주 성자 친히 사람이 되시어
모든 민족들의 구원을 목말라 하셨음 같이
저희 모두가 인류의 구원을 갈망하게 하시고,
오로지 주님의 영광과 하느님 나라 건설을 위해
전념하게 하소서.
또한 온 세상 어디서나 이 시대의 요청에 응하는
많은 성소들이 자라나게 하시며,
특히 선교성소를 많게 하시어
온 세상에 하느님 나라를 전파하게 하소서.
주님께서는 영원히 살아 계시며 다스리시나이다.
아멘.

+ 모든 선교사의 모후이신 성모 마리아님,
○ 저희를 위하여 빌어주소서.

하늘의 별이 된 최 주교님

　　세계 만방에 그리스도의 복음과 사랑을 전하기 위해 한국외방선교회와 한국외방선교수녀회를 잇달아 설립한 최재선 주교님, 그분과의 마지막 만남을 떠올리면 다시 눈시울이 젖는다. 만남이 있으면 헤어짐이 있다는 것을 모르지 않는다. 그럼에도 막상 떠나보내고 나면 안타깝고 가슴 한 구석이 텅 빈 것 같은 슬픔이 밀려오는 게 어쩔 수 없는 인간의 마음이다. 내가 20년 이상 성인으로 모셨던 최 주교님을 하늘나라로 보내는 것이 그랬다.

　　주교님이 숙소로 사용하시던 수위실에서 수녀원으로 올

라가시다가 다리에 힘이 빠져 주저앉는 바람에 고관절을
다치셨다는 소식을 들었다. 가슴이 철렁했다. 96세시니,
고령도 보통 고령이 아니었다. 조금만 잘못돼도 금세 큰일
로 번질 수 있는 나이였다. 주교님이 위중하셔서 부산성모
병원에 입원하셨다는 전화를 받고는 이 젤뚜르다와 황 글
라라에게 전화를 걸어 소식을 전했다. 우리는 기도하며 찾
아뵙기로 약속했다.

"어이할꼬, 이 일을 어이할꼬…."

황망하기 그지없었다.

기차를 타고 부산으로 내려갔다. 부산역에서 택시를 타
고 주교님이 입원해 계신 성모병원으로 달려가면서 "예수
님, 주교님이 조금 더 살게 해주시면 안 될까요?"라고 기도
했다. 병실에서는 수녀 세 분이 간병하고 있었는데, 주교
님은 정신이 약간 혼미한 상태였다. 침대에 누워 계신 주
교님께 다가가 귀엣말로 "주교님, 저 왔어요. 마리아예요"
라고 말씀드렸더니 눈을 뜨고 나를 알아보셨다. 미소 띤
얼굴로 묵주를 가져오라고 하신 주교님은 우리 일행과 함
께 묵주기도를 바치자고 하셨다. 그래서 환희의 신비 1단
을 함께 바쳤다. 묵주기도를 마친 주교님은 묵주를 쥔 채
합장하신 손을 높이 들어 올리며 이렇게 말씀하셨다. "저

○ 최재선 주교님은 2008년 6월 3일 하늘나라로 떠나셨다. 그분이 하
시는 일에 미력하나마 보탬이 됐다는 사실을 생각하자 너무나 행복
했고, 또한 얼마나 큰 은총이었는지를 알게 됐다. 최재선 주교님 운
구 행렬(위), 장례 삼우미사(아래).

는 여러분이 후원해 주신 돈 10원도 헛되이 쓰지 않았습니다. 묵주기도 열심히 하세요. 그래야 하느님 은총 많이 받습니다." 주교님은 병실에 계신 수녀에게 우리에게 점심을 사드리라고 당부하셨다. 병실을 나서면서 돈이 든 봉투를 주교님 베개 밑에 넣어 드리며 "약값에라도 보태 쓰세요" 했더니 주교님이 빙긋이 웃으셨다. 쾌차하시길 빌겠다는 마지막 인사를 드리고 병실을 빠져나왔다. 이 만남이 주교님과의 마지막 대화가 될 줄 미처 몰랐다. 며칠 뒤 지인과 함께 다시 찾아뵈었을 때는 의식이 없으셨다. 그것이 주교님과의 마지막 만남이었다.

이후로도 몇 번의 고비를 넘긴 최 주교님은 2008년 6월 3일 마침내 하늘나라로 떠나셨다. 주교님이 선종하셨다는 소식을 듣자 귀가 먹먹해지고 맥이 탁 풀렸다. 마음이 아리고 가슴이 뛰었다. "주교님, 하늘나라에서 천사들과 함께 영생을 누리소서. 하루빨리 세계인들이 본받을 성인이 되소서"라고 기도를 올렸다. 긴 숨을 몰아쉬며 후원회원들에게 일일이 전화를 돌렸다. 급히 버스를 대절해서 주교님 빈소가 마련된 부산 남천동성당으로 내려갔다. 주교님은 제의를 입으시고 손에 묵주를 쥐신 채 유리관 안에 누워 계셨다. 당신께서 평소 말씀하신 대로 "빈 몸으로 왔다가 공로와 죄만 가지고 하늘나라로 가셨다"는 것을 절감할 수 있었다. 20년 넘게 함께해 오신 주교님을 잃은 슬픔도 컸지만 이 땅에 거룩한 위업을 남기신 당신의 노고를 생각하니 예수님 곁에서 평화로이 안식을 얻으실 수 있을 것 같았다.

장례미사는 남천동성당에서 주교님의 평소 뜻을 받들어 간소하고 엄숙하게 진행됐다. 경남 양산 부산교구 묘지에서 무덤 예절을 할 때의 일이다. 한국외방선교수녀회 수녀한 분이 주교님의 관이 안치될 자리에 뛰어 들어가 오열하는 것이 아닌가. 주교님을 떠나보내기가 그토록 힘들었던 모양이다. 내 눈에서도 눈물이 흘렀다. 그 자리에 함께했던 이들도 같은 심정이었을 것이다.

그렇게 주교님을 떠나보내고 서울로 돌아와 이제는 하늘의 별이 되신 주교님의 행적을 묵상해 보았다. 이 땅에 작은 예수님으로 오셔서 평생 가시밭길을 걸으셨던 최재선 주교님을 그림자처럼 따라다니며 살았던 그 세월이 얼마나 복된 시간이었는지 생각하니 가슴이 뜨거워졌다. 주교님이야말로 성인의 삶을 사셨다는 것을 깨달을 수 있었고, 그만큼 고생하신 주교님을 이제는 하느님 품으로 보내드려도 되겠다는 생각이 들었다. 주교님과 함께하면서 많은 이들을 잇는 다리, 그리고 숨은 조력자가 돼 그분이 하시는 일에 미력하나마 보탬이 됐다는 사실을 생각하자 너무나 행복했고, 또한 얼마나 큰 은총이었는지를 알게 됐다.

우리나라에는 103위 성인이 계신다. 모두 신앙을 지키기 위해 순교하신 분들이다. 순교하지 않고 성인이 되신 분은 아직까지 없다. 그러나 지금은 더 이상 순교할 필요가 없는 세상이다. 앞으로는 순교자가 아니어도 성인이 되는 분이 나올 것이다. 나는 최 주교님이야말로 한국 교회가 성인품에 올려야 할 분이라고 굳게 믿는다. 순교만 하지 않았을 뿐, 그분은 순교자나 진배없는 삶과 신앙을 사셨다. 오랫동안 가까이서 지켜봤기에 누구보다 잘 안다고 확언할 수 있다. 이루 말로 다하기 힘든 어려움을 겪으실 때마다 기도로 극복하고 오뚝이처럼 일어서셨다. 그렇다! 최 주교님이 하루빨리 성인품에 오르시는 것이 나의 마지막 소망이다. 하늘나라에서 다시 만날 그날까지 주교님이 일러주신 대로 끊임없이 기도하고 봉사하고 희생하며 살겠노라 다짐한다. 부끄러움 없이 떳떳하게 뵐 수 있도록….

기도와 희생은 비록 시간이 오래 걸릴지는 몰라도
절대 외면하지 않는다.
하느님은 은총 자체이신 분이기 때문이다.

제3부

나의 삶
나의 신앙

늦은 영세를 보상받기라도 하듯

나는 최재선 주교님처럼 오랜 조상 때부터 신앙을 이어온 이른바 구교우 집안 출신이 아니다. 주교님은 어릴 적 새벽에는 조과, 묵주신공, 교리문답을 바쳤다. 저녁에 만과와 연도를 바치는 것이 생활화돼 있는 집안 분위기를 따라 기도 생활에 철저했다고 회고하시고는 했다. 기도가 하루 일과로 몸에 밴 것이었다. 최 주교님의 부모님은 특히 성모 공경 신심이 뛰어나 묵주기도를 많이 바치셨다. 그런 말씀을 들을라치면 부러울 때가 참 많았다. 어릴 때부터 신앙과 함께 자라는 것처럼 축복받은 일도 드물기 때문이다.

1933년 서울 창신동에서 태어난 나는 결혼 후 시집살이를 하던 대구에서 1966년 아이들과 함께 세례를 받았다. 내가 먼저 세례를 받고 아이들을 성당으로 이끈 것이 아니라 아이들과 동시에 입교했다. 시부모님이 독실한 개신교 신자였기에 천주교와는 인연이 없었다. 집안에서 유일하게 시동생(전 국회의장 이만섭·요셉)이 천주교 신자였는데, 그가 강력히 권유하고 시부모님을 설득한 덕분에 온 가족이 입교할 수 있게 됐다. 천주 하느님을 따라 성가정을 이루게 해준 시동생처럼 큰 은인도 없을 것 같다.

세례를 받은 후 대모의 권유로 레지오 마리애 활동을 시작했다. 서기로 6년을 봉사하고 본당 부녀회 총무와 재무를 맡기도 했다. 레지오 활동은 성모님을 만나고 묵주기도에 맛을 들이는 결정적인 계기가 돼 주었다. 마흔한 살 때 온 가족과 함께 서울로 올라와 청담동성당에서 견진세례를 받고 레지오 마리애 단장을 지냈다. 본격적인 교회 봉사 활동은 둔촌동성당에서 이뤄졌다. 늦게 입교하느라 하느님을 뒤늦게 만난 아쉬움을 기도와 교회 활동으로 보상받기라도 하듯 신앙생활, 특히 묵주기도에 전심전력을 다했고 봉사 활동에도 적극 나섰다. 지금 생각해보면 어떻게 그 많은 일을 할 수 있었나 싶다. 내가 봐도 정말 놀랍다.

○ 나의 칠순 기념 사진. ①이승은 데레사(막내딸) , ②이승진 이냐시오(삼남), ③이승훈 바오로(차남), ④이승록 미카엘(장남), ⑤문구환 베드로(사위), ⑥김혜정 미카엘라(며느리), ⑦이하영 그레이스(손녀), ⑧이문섭 비오(배우자), ⑨서정심 마리아(본인), ⑩문영재 사도 요한(외손자). 손녀 이부영은 이듬해 태어났다. 집안에서 유일하게 천주교 신자였던 시동생(이만섭 요셉, 아래 우측)의 권유로 온 가족이 입교할 수 있었다. 아래 좌측은 아들 이승훈 신부님 서품 때 남편과 함께 기도하는 모습.

언제나 내 신앙의 중심에 놓고 가장 열심히 바친 것은 묵주기도였다. 특히 '성경 로사리오' 묵주기도는 내 삶에서 가장 큰 힘이 된 동반자였다. 손에서 놓지 않고 틈만 나면 묵주기도를 바쳤다. 특별한 지향이 생기면 하루 100단을 바치는 것은 일도 아니었다. 묵주기도는 나와 예수 그리스도와 성모님을 연결해 주는 생명줄이었다. 누가 시키거나 부탁하지 않아도 세계 평화를 위해, 북한 동포를 위해, 교구를 위해, 교회를 이끄는 주교님들의 영육 간 건강을 위해, 고통받는 교우들을 위해 묵주를 돌렸다. 묵주기도에 빠져 본 사람들은 알겠지만, 그만큼 마음에 평화를 주는 기도도 없다. 기쁠 때나 슬플 때나, 즐거울 때나 힘들 때나 항상 내 곁을 지켜준 묵주기도였다.

봉사 활동도 많았고 신앙에 깊이를 더하고자 이것저것 배운 것도 무척 많았다. 일일이 헤아리기 어려울 정도다. 레지오 마리애 단장을 했고, 성당 반장을 할 때는 한번에 20여 명을 입교시켰고, 예비신자를 위한 봉사도 10년 이상 했다. 본당 성소후원회에서 활동하는 동안 여러 사제가 탄생하는 것을 지켜보는 것도 큰 보람이었다. 꽃꽂이에 관심이 많아 제대 봉사도 열심히 했는데, 본당에 헌화회가 생기자 회원으로 가입한 후 회장을 지내기도 했다. 그러면서 가톨릭교리신학원 '꽃예술과 교회전례' 전문교양강좌, 이화여대 평생교육원 꽃예술 최고지도자 전문교육과정을 이수했고, 본당 신부의 배려로 성당 만남의 방에서 꽃꽂이 전시회를 두 차례 열기도 했다. 한국꽃예술학회 이사를 지낸 것도 기억에 남는다.

교리 지식에 대한 갈증은 성서못자리연구회가 주관하는 교육으로 해소했다. 성서못자리 교육을 통해 구약과 신약 성경 전체를 제대로 공부할 수 있었다. 임종을 앞둔 환자가 편안하게 마무리할 수 있도록 돕는 호스피스 자원봉사자 교육도 받았고, 가톨릭대 사목상담연구원이 주관하는 소정의 상담 과정도 이수했다. 성령쇄신봉사회 봉사자 과정을 수료했으며, 꾸르실료 교육(108차)에도 참가했다. 본당 성가대에서 노래로 하느님을 찬미하는 것도 새로운 경험이었다. 연령회에 가입해서는 선종한 이를 위해 장례 기간 내내 연도를 바치고, 장지에 따라가는 수고도 마다하지 않았다.

둔촌동성당 구역에 있는 중앙보훈병원 성당 건립에도 온 힘을 쏟았다. 1980년대 보훈병원에 원목실이 생기기 전의 일이다. 둔촌동본당 신자들이 병원을 찾아가 환자들을 위로하고 기도하던 어느 날 가톨릭 신자인 병원장이 병원에서 예비신자 교리를 가르칠 수 있도록 방을 하나 내어주었다. 이후 서울대교구에서 병원 담당 신부를 임명해 병원에서 미사도 드리고 환자 방문도 체계적으로 할 수 있게 됐다.

그러다가 기왕이면 별도의 성당이 있으면 좋겠다는 생각이 들어 병원장에게 병원 구내에 땅을 마련해 주면 성전 건립 기금은 우리가 마련해 보겠다고 말씀드리고 승낙을 받았다. 보훈병원 성전건립추진위원회 부회장을 맡아 성전 건립에 소매를 걷어붙였다. 오금동성당을 비롯해 병원 인근 성당을 찾아다니며 미역과 김 등을 팔면서 기금을 마련하는 한편 국회의원을 비롯한 지역 유지들을 찾아가 도움을 호소했다. 마침내 1991년 성전을 완공하고 축복미사를 봉헌할 수 있었다. 2002년에는 중앙보훈병원 원목실 성당이 중앙보훈병원준본당으로 승격됐다. 넉넉한 형편이 아니었지만 성당에 필요한 갖가지 성물과 물건을 마련하는 데 조금씩 지원을 보태기도 했다.

최재선 주교님을 도와 한국외방선교수녀회·한국외방선교회를 후원하는 것 말고도 많은 일을 할 수 있었던 비결은 무엇일까. '하느님의 은총' 말고는 달리 설명할 길이 없다. 뒤늦게 세례를 받은 나는 신앙에 대한 목마름이 컸다.

기도로 매달리며 하느님을 위한 일이라면 물불 가리지 않고 해냈다. 닥친 모든 어려움을 기도와 희생으로 극복하려고 노력했다.

하느님은 큰 축복을 내리셨다. 둘째 아들에게 허락하신 사제성소는 기도와 희생에 대한 하느님의 응답이라고 믿는다. 기도와 희생은 비록 시간이 오래 걸릴지는 몰라도 절대 외면하지 않는다. 하느님은 은총 자체이신 분이기 때문이다.

내 영성의 뿌리, 포콜라레

　　세례를 받고 지금까지 신앙생활을 해오면서 가입한 봉사 단체와 신심 단체는 한두 군데가 아니다. 어떻게 그 많은 단체에 들어가 활동할 수 있었는지 모르겠다. 나는 가입한 이상 누구보다 열심히 활동했다. 어느 단체든 예외 없이 의미가 있었고 보람도 컸다. 그래도 내 삶에, 내 신앙에 가장 큰 영향을 끼친 신심 단체를 하나만 꼽으라고 하면 나는 주저하지 않고 포콜라레(Focolare·마리아 사업회) 운동을 꼽는다. 포콜라레는 그만큼 내 신앙과 영성의 깊은 뿌리가 돼 주었다.

1982년 정순택 대주교님 모친이신 조정자 데레사 님을 통해 처음 포콜라레를 접했다. 그해 대전에서 열린 회원들의 모임인 마리아 폴리에 함께 참석한 것이 계기가 됐다. 거기서 포콜라레의 이상을 알게 됐고, 그때부터 모임에 나가기 시작해 지금도 활동하고 있으니, 포콜라레야말로 진정한 내 신앙의 동반자라고 할 수 있다. 2001년에는 포콜라레 공동체에서 일종의 성소자라고 할 수 있는 '솔선자'(率先者)가 됐다. 솔선자는 회원 각자가 속해 있는 사회에서 포콜라레 정신으로 복음을 실천하는 평신도를 일컫는다. 나는 솔선자가 된 이후 포콜라레 영성을 더욱 깊이 이해하고, 더욱 적극적으로 실천하는 복음의 사도가 되고자 각별한 정성을 기울였다.

포콜라레 운동은 제2차 세계대전이 한창이던 1943년 이탈리아 트렌토에서 시작됐다. 전쟁으로 말미암아 모든 것이 파괴되고 절망에 빠졌던 당시, 23세의 끼아라 루빅(1920~2008)과 친구들은 그 어떤 폭탄으로도 무너뜨릴 수 없고 사라지지 않는 이상을 갈구했다. 그들은 초자연적 힘에 이끌려 하느님을 이상으로 선택했다. 그들은 하느님이 사랑이심을 믿었고, 자신들의 사랑으로 하느님 사랑에 응답하고자 했다. 그것이 포콜라레의 근본정신이다. 그들은 복음말씀에 따라 생각하고, 일상의 삶 속에서 하느님의 뜻을 알아보며, 복음말씀을 글자 그대로 실천하기로 결심했다. 예수님의 가르침에 따라 만나는 모든 사람을 차별 없이 사랑하고 그들과 하나가 되고자 하면서 세상 모든 곳에 일치를 가져오고자 했다.

사람들은 끼아라 루빅과 그의 친구들 모임을 '포콜라레'라고 불렀다. 이탈리아 말로 '벽난로'라는 뜻이다. 그들을 만나면서 굳어졌던 마음이 따스해지고 힘을 얻게 되는 것을 체험할 수 있었기 때문이다. 현재 로마에 총본부를 두고 있는 포콜라레 운동은 1962년 교황청의 인준을 받은 이래 급속히 발전해 지금은 전 세계 190여 개 나라로 확산됐다. 우리나라에는 1969년에 들어왔다.

내가 포콜라레에 푹 빠진 것은 '일상생활에서 복음을 산다'는 영성 때문이었다. 인도의 성자 마하트마 간디는 "나는 예수 그리스도는 좋아하지만 예수 그리스도를 따르는 그리스도인은 좋아하지 않는다"고 말했다고 한다. 그리스도인들이 예수 그리스도를 믿고 따른다고 말은 하면서도 예수님처럼 실천은 하지 않았기 때문이다. 뼈아픈 지적이 아닐 수 없다. 예수님을 따라 이웃을 사랑하는 구체적인 행동 없이 어떻게 진정한 그리스도인이라고 할 수 있겠는

○ 성 요한 바오로 2세 교황님과 끼아라 루빅. 포콜라레 운동의 근본
정신은 일상의 삶 속에서 하느님의 뜻을 알아보며, 복음말씀을 글
자 그대로 실천하는 것이다.

○ 로마 소재 로카디파파에 위치한 포콜라레 운동 분부 방문 후 여자 솔선자
들과 함께 기념 촬영. 포콜라레 회원의 특징은 밝은 미소이며 영성의 핵심
은 일치이다. 좌측 첫째 줄 첫 번째가 필자.

가. 최재선 주교님도 우리더러 기도만 해서는 안 되고 반
드시 희생을 해야 한다고 강조하셨다. 다른 이를 위한 구
체적인 희생이 없으면 기도의 공로도 받을 수 없다고 입버
릇처럼 말씀하셨다. 그만큼 실천이 중요하다는 뜻이었다.
'모든 이를 사랑하자, 잘못을 용서해 주자, 지금 내 곁에
있는 사람을 사랑하자, 서로 사랑하자, 다른 사람 말에 귀

를 기울이자….' 이는 포콜라레 회원들이 늘 마음에 새기고 언제 어디서든 실천하고자 하는 사랑의 가르침이다. 나는 이 가르침에 따라 매일매일의 일상을 "예수님, 당신을 위한 행위입니다"라는 기도와 함께 예수님께 봉헌하고자 노력했다. 세상 안에서 그리스도의 말씀을 살고자 한 것이다. 포콜라레는 세상에 '사랑의 문화'를 심는 실천 운동이라고 할 수 있다.

포콜라레 운동에서 가장 큰 신앙의 영감을 받은 두 분의 성직자를 소개하고 싶다. 교황청 성직자부 장관 유흥식 추기경님과 서울대교구장 정순택 대주교님이다. 유 추기경님은 신학교에 입학하고 얼마 되지 않아 성소의 위기를 느꼈을 때 포콜라레 영성을 만나 극복하셨다. 포콜라레가 없었다면 오늘의 유 추기경님도 없었을 것이다. 유 추기경님은 "예수님 사랑에 가장 큰 모범을 보이신 성모 마리아의 모범을 따라 '작은 마리아'로 살아가는 것이 포콜라레 영성"이라고 말씀하셨다. 지금도 포콜라레 운동에 관심과 성원을 아끼지 않으신다. 포콜라레 모임에서 여러 차례 뵌 적이 있는데, 참으로 친절하고 인자하신 분이었다.

다른 한 분, 정순택 대주교님은 서울대학교 3학년 여름방학 때 주변의 권유로 대구에서 열린 포콜라레 마리아폴리에 참석하면서 인생의 분기점을 맞이하셨다. 정 대주교님은 그 모임에서 하느님은 한 사람 한 사람을 있는 그대로 사랑하신다는 진리를 깨달았고 '온 세상이 바뀌어 보이는' 체험을 하셨다. 그것이 사제 성소의 길을 굳힌 계기가 됐다. 정 대주교님의 부모님 두 분 모두 포콜라레 솔선자였다는 사실을 잊어서는 안 된다.

성당에 가서 포콜라레 월간지인 '그물'을 홍보하고 판촉하는 일도 적극 도왔다. 경기도 의왕시에 마리아폴리 센터를 지을 때도 건축위원으로 참여해 후원 티켓을 열심히 팔았다. 포콜라레 본부가 있는 이탈리아도 여러 번 다녀왔다. 참으로 뜻깊은 순례였다. 요즘도 포콜라레 모임을 하고 있다. 세상이 좋아져서 집에 앉아 인터넷 화상 채팅 프로그램인 줌(ZOOM)을 통해 회원들을 만난다. 죽을 때까지 빠지지 않을 작정이다. 포콜라레는 내 삶과 신앙의 기둥이 돼 준 '사랑의 친구'다.

아들 신부를 살려주신 하느님

2017년 11월, 나는 방글라데시에서 선교하는 한국 외방선교수녀회 수녀들을 방문하기 위해 인천공항에서 출국 수속을 밟고 있었다. 수속을 다 마치고 공항에서 기다리고 있는데 딸에게서 전화가 걸려왔다. 둘째아들 이승훈 신부(당시 서울대교구 종로본당 주임)가 쓰러져 여의도성모병원에 입원했다는 것이었다. 청천벽력이었다. 날벼락도 이런 날벼락이 없었다. 방글라데시 수녀들께 드리려고 준비한 물품을 후원회 일행에게 전해 주고는 즉시 병원으로 달려갔다.

병원에서 이것저것 온갖 검사를 다 했지만 정확한 병명을 찾을 수 없었다. 신부 배가 남산 만하게 불렀다. 신장에 큰 문제가 생겼고, 간도 같이 나빠진 것이었다. 간이 나쁘면 배에 복수가 차게 된다. 신부 배가 그렇게 부어오른 건 배에 찬 복수 때문이었다. 병원에서는 수술이 어렵다고 했다. 서울성모병원으로 옮겼다. 거기서 다시 검사하고 진단한 결과 더 이상 손을 쓸 수 없는 상태라는 것이었다. 눈물이 왈칵 쏟아졌다. 너무 기가 막혀 기도도 나오질 않았다.

병원에서는 남은 시간이 얼마 남지 않았으니 임종을 준비하라고 했다. 선종하면 입힐 제의며 신발을 가져오라고 했다. 미리부터 수선을 떠는 것 같아 너무나 화가 났다. 나는 신부가 다시 살 수 있다는 희망을 버릴 수 없었다. 어느 엄마인들 안 그렇겠는가마는 아들의 죽음을 받아들이기가 어려웠다. 성모님께 죽기 살기로 매달렸다.

"성모님, 저 좀 살려주세요. 나는 우리 신부님 없으면 못 살아요. 아들 신부님만 믿고 살아왔어요."

방바닥을 치며 눈물로 기도했다.

그러나 병세는 조금도 나아질 기미가 보이지 않았다. 아무래도 마지막을 준비해야 할 것 같다는 절망감에 빠져 있던 그때, 거짓말처럼 천사가 나타났다. 키가 큰 젊은 의사가 와서 말씀하시길, "어머니, 신부님을 살릴 수 있을 것 같아요." 깜짝 놀라 되물었다. "어떻게요? 어떻게 하면 살 수 있습니까?" "두 사람만 있으면 됩니다. 여자도 괜찮고 남자도 괜찮고, 신부님과 혈액형이 달라도 괜찮습니다." 두 사람에게서 각각 신장과 간을 기증받아 신부에게 동시에 이식하면 살 수 있을 거라는 이야기였다. 죽어가는 아들 신부를 살릴 수 있다니! 정신이 번쩍 들었다. 희망이 생긴 것이었다.

신장과 간을 기증할 사람을 구하는 것이 발등에 떨어진 불이 됐다. 기증자를 구하기 위해 미친 사람처럼 사방으로 전화를 돌렸다. 그 모습을 지켜보던 막내아들이 "엄마, 집안 식구 놔두고 왜 남들한테 부탁을 해요. 제가 기증할게요" 하는 것 아닌가. 딸도 가만있지 않았다. "우리 부부가 기증할 수 있는지 알아보려고 두 사람 모두 건강검진을 했어요. 결과가 나올 때까지 조금만 기다려 보세요."

결국 신장은 막내아들의 것을, 간은 사위의 것에서 70%를 잘라 이식하게 됐다. 신장과 간을 동시에 이식하는 수술은 신장이식의 권위자인 서울성모병원 장기이식센터장 양철우(신장내과) 교수가 기획하고 집도해 주었다. 양 교수는 수술 전날 새벽 2시까지 어떻게 하면 좋을지 스텝들과 머리를 맞대고 회의를 했다. 그만큼 고난도의 위험한 수술이었다.

2018년 6월 22일, 12시간 반이나 걸린 대수술 끝에 아들 신부는 극적으로 살아났다. 하느님은 죽은 자도 살리신다더니, 기적이 일어난 것이다! 수술 이후에도 양철우 교수는 신부에게 얼마나 신경을 많이 써주었는지 모른다. 그렇게 꼼꼼하고 친절한 의사는 여태까지 본 적이 없다. 죽을 때까지 잊지 못할 고마운 분이다. 그날 수술에는 양 교수 외에도 간담췌외과 유영경 교수, 혈관·이식외과 박순철 교수, 마취과 교수 두 분, 그리고 여러 간호사들이 참여해 수고를 아끼지 않았다. 모든 분들께 다시 한 번 감사드린다. 아들 신부는 차츰 건강을 회복한 후 현재 서울대교구 본당 주임으로 사목하고 있다.

신장과 간을 기증해 준 막내아들과 사위에게 더할 나위 없이 고맙다. 아무리 피를 나눈 형제라고 해도 자신의 목숨을 위협할 수 있는 장기 기증에 선뜻 나선다는 것은 결코 쉬운 일이 아니었다. 아들도 아들이지만, 엄밀히 말해 사위는 남이 아니던가. 처남을 위해 자신의 간을 떼어준 사위에게 평생 갚지 못할 빚을 진 기분이다. 다시 한 번 고마움을 전하고 싶다. 이 모든 것은 결국 하느님이 허락하신 일이다. 하느님이 아들 신부를 살려주셨다.

또한 하늘나라에 계신 최재선 주교님이 아들 신부의 회복을 위해 하느님께 전구해 주신 덕분이라고도 믿는다. 최 주교님은 항상 이렇게 말씀하셨다.

"우리는 빈 손으로 태어나 세상을 떠날 때는 죄와 공로만 가지고 하느님 앞으로 갑니다. 그러니 평소에 공로를 많이 쌓으세요. 여러분이 저를 도와준 공로는 모두 천국 장부에 기록이 됩니다. 제가 하늘나라에 먼저 가겠지요. 거기서 여러분이 어려운 일을 겪는 것을 보게 되면 천국 장부에 기록된 여러분의 공로를 꺼내 하느님께 보여 드리고 선처해 달라고 매달리겠습니다. 그러니 공로를 쌓으세요. 희생을 쌓으세요."

나는 그동안 봉사에 대한 응답을 받는 것에 대해서는 한 번도 생각해본 적이 없었다. 그저 마땅히 해야 할 일을 했을 뿐이라고 여겼다. 그런데 최 주교님의 말씀이 문득 생각났다. 그렇다면 내가 그동안 쌓은 공로를 하느님이 어여삐 봐 주셔서 아들 신부를 살려주셨다는 건가? 내가 가까이 모셨던 최 주교님이 하느님께 내 이야기를 잘해 주셔서 특별한 은총을 베풀어 주셨다는 건가? 주교님이 나를 도와 하느님께 매달려 주셨으리라 믿어 의심치 않는다. 능히 그렇게 해주실 분이다. 신부를 살려주신 것에 대해 가장 먼

저 감사드려야 할 분은 당연히 하느님이시다. 그리고 두
번째로는 최 주교님께 꼭 감사를 드리고 싶다.

남기고 싶은 말 그리고 나의 소망

  2023년 가을, 나는 죽을 고비를 넘겼다. 8월 말 코로나에 걸렸다가 회복했는데, 혹시라도 후유증이 있을까 싶어 서울성모병원에 가서 정밀 검진을 받았다. 신장 수치가 매우 안 좋게 나타나 투석을 받는 과정에서 큰 문제가 발생했다. 피가 멈추질 않았다. 즉각 중환자실로 이송됐고, 생사의 고비를 넘나드는 우여곡절 끝에 퇴원할 수 있었다. 기적 같은 일이었다. 그냥 데려가셔도 하나도 이상할 것 없는 나이였다. 하느님은 그런 나를 다시 살려주시는 은총을 베푸셨다. 아들 신부를 살려주신 것으로는 모자라 나까지 살려주신 걸까. 하느님, 감사합니다! 나의 주치의인 신장내과 김예니 교수께 감사드린다.

  하느님이 왜 나를 살려주셨을까 곰곰이 생각해 보았다.
지금까지 살아온 삶을 되돌아보았다. 나를 잘 봐 주셨다면
그것은 아마도 평생토록 바친 기도와 희생 때문이 아닐까
하는 결론에 다다랐다. 그 덕분에 다시 살아날 수 있었다
는 확신이 들었다. 대가를 바라고 바친 것은 결코 아니었
다. 그러나 하느님은 그 기도와 희생에 응답하셔서 살려주
신 것이 틀림없다.

  기도, 특히 묵주기도는 나의 호흡이었다. 잠시라도 묵주
를 손에선 놓은 적이 없다. 기도는 나의 모든 활동의 원동
력이었다. 좋은 일이 있으면 감사하는 마음을, 힘든 일이
있으면 극복하게 해달라는 마음을 담아 쉬지 않고 묵주를
돌렸다. 특히 이런저런 사연으로 힘들어하는 사람들을 위
해 기도했다. 그래서 기도를 부탁하는 이들이 많았고, 나
는 주저하지 않고 그들의 요청에 답했다. 나의 기도 덕분
에 힘든 고비를 넘길 수 있었다는 이야기를 듣는 것처럼
흐뭇한 일도 없었다. 나이가 많아 거동이 불편한 요즘 나
는 집에서 기도에 매달린다. 죽을 때까지, 아니 죽어서도
묵주는 나를 떠나지 않을 것이다.

家 訓

天主欽崇
智慧聰明
謙遜之德
늘 하느님의 집에서
성실하게 자라는 우리부 ·
부모님이 화목감은 하늘
님의 사랑을 영원히 하늘
영원히 믿고 살리라
신권 오집 임창 판절
친구의 닮신 오뒨 성요셉 성원

○ 기도는 나의 모든 활동의 원동력이었다. 좋은 일이 있으면 감사
하는 마음을, 힘든 일이 있으면 극복하게 해달라는 마음을 담아
쉬지 않고 묵주를 돌렸다. 아래는 기도방에 걸려 있는 가훈.

기도에만 그쳐서는 안 된다. 기도만큼, 아니 기도보다 더 중요한 것이 희생이다. 기도를 열심히 바쳤는데도 원하는 바가 이뤄지지 않았다고 불평하는 이들에게 최재선 주교님은 이렇게 나무라셨다.

"보십시오. 기도만 한다고 되는 줄 압니까? 돈 많다고 돈만 바치면 되는 줄 압니까? 절대로 아닙니다. 희생을 바쳐야 합니다. 여러분의 뜻대로 되지 않은 것은 희생을 바치지 않아서입니다. 기도도 해야 하지만 희생도 해야 한다는 것을 결코 잊어서는 안 됩니다."

희생이 그만큼 중요하다는 뜻이다. 내 삶에서 그나마 뭐라도 건질 게 있었다면 그것은 순전히 내가 바친 희생 덕분이라고 믿는다. 이 회고록은 하느님께 바친 나의 여정을 담은 것이다. 특별히 내세울 것 없이 부끄럽고 초라한 삶일지라도 그래도 한번 정리해 보고 싶었다.

'가난은 죄가 아니라 불편일 뿐'이라고 했다. 내가 봉사활동에 열심일 수 있었던 것은 어쩌면 경제적 여유가 많지 않아서인지도 모르겠다. 풍족하기보다는 부족한 가운데서도 내 몫을 조금씩 내어주고 나누는 마음으로 노력해 왔다. 걸어가면 될 곳도 조금 더 빨리 뛰어가면서 시간을 벌었고, 게으르기보다는 부지런한 삶으로 시간을 벌었다. 나는 부자를 부러워하지 않았다. 가진 게 있으면 있는 대로 내어드렸고, 없으면 없는 대로 나눔의 삶을 살려고 노력했다. 내게 재산이 많았으면 헛된 생각과 유혹에 빠졌을지도 모른다. 가진 것이 적었기에 하느님 사랑만 믿으며 예수님과 마리아께 의탁했다. 경제적으로 넉넉하지 않았음은 오히려 나를 봉사와 희생의 삶으로 이끄는 원동력이 돼 주었다. 하느님은 그렇게 나를 사랑하시고 이끌어주셨다.

마지막 바람이 하나 있다면 내가 온 마음을 다해 모셨던 최재선 주교님이 성인의 반열에 오르는 것이다. 나는 오랜 세월 최 주교님을 곁에서 지켜보았다. 주교님은 글자 그대로 '주님의 종'이었다. 자신을 한없이 낮추는 겸손한 자세로 사제직과 주교직을 수행하셨고, 은퇴 후에는 고난의 길을 자초하시며 한국외방선교회와 한국외방선교수녀회를 설립하셨다. 주교님은 그 모든 힘든 조건 속에서도 결코 좌절하거나 포기하지 않으셨다. 나는 주교님이 수없이 많은 난관을 이겨내고 다시 일어서는 모습을 지켜보면서 그분의 하느님 사랑과 소명 의식이 얼마나 크고 강한지 알 수 있었다.

성인은 아무나 되는 게 아니다. 나는 주교님이 성인의

길을 걸으셨다고 생각한다. 최 주교님 같은 분이 성인이 되지 않는다면 누가 성인이 될 수 있겠는가. 우리 모두 그분이 성인 대열에 합류할 수 있도록 기도해야 마땅하다고 본다. 주교님이 성인이 되셔서 우리나라는 물론 전 세계 그리스도인의 공경을 받는 날이 하루빨리 오기를 간절히, 아주 간절히 기도한다. 내 숨이 멎는 순간까지 기도할 것이다.

더불어 주교님의 뜻을 받들어 세계 방방곡곡에 그리스도의 사랑을 심는 한국외방선교회와 한국외방선교수녀회를 지원하는 성소자가 많아지면 좋겠다. 할 일은 많은데, 일꾼이 부족해서 걱정이다. 하늘나라에 계신 주교님도 한국 교회에 성소자가 많이 나오길 기도하고 계실 것이다.

하느님, 한국 교회에 풍부한 성소의 축복을 내려주소서, 최재선 주교님을 성인품에 올려주소서!

올해로 제 나이 구십 둘이 됐습니다. 결코 짧지 않은 세월을 살았습니다만 돌이켜보면 은총의 삶이었던 것 같습니다. 하느님을 뵐 날이 가까워지고 있음에 감사한 마음으로 남은 생을 살고 있습니다. 하느님께서 부르시면 언제든 머뭇거리지 말고 따라나서야겠지요.

지난해 죽을 고비를 한 차례 넘겼습니다. 다행히 최재선 주교님의 전구와 하느님의 은총으로 다시 기적처럼 살아났습니다. 세상이 다르게 보였고, 지나온 삶을 한번 정리해보고 싶다는 강한 열망이 들었습니다.

'돌아보면 발자국마다 은총이었네'라는 제목의 책이 있습니다. 제 마음이 그렇습니다. 하느님을 만난 것처럼 큰 축복이 또 있을까요? 지난 90여 년간 주님은 저와 함께하셨고, 보살펴주셨고, 살려주셨습니다. 감사와 찬미를 받을 분은 하느님 한 분이십니다.

출간을 준비하면서 삶에서 가장 의미 있었던 일이 무엇이었는지를 곰곰이 생각해 봤습니다. 최재선 주교님을 도와 그분이 설립한 한국외방선교수녀회의 후원회를 만들고 한국외방선교회를 돕는 데 앞장섰던 일이 가장 먼저 떠올랐습니다. 저의 모든 것을 쏟아부은 활동이었고, 그래서 보람이 제일 큰 일이었습니다.

곁에서 지켜본 최 주교님은 한마디로 성인 같은 목자셨습니다. 그분의 삶과 신앙에서 받은 감화는 그 무엇으로도 설명할 수 없을 만큼 넓고 깊었습니다. 그래서 저는 이 책의 방향을 최 주교님과 한국외방선교수녀회·한국외방선교회와 함께한 활동에 맞췄습니다. 주교님을 성인품에 올리고 수녀회와 선교회의 선교 사업을 널리 알리고픈 마음이 컸기 때문입니다.

크게 내세울 것은 없지만 그래도 예수님만 바라보며 그분 가르침에 따라 살려고 갖은 애를 썼습니다. 남이 알아주든 말든 묵묵히 내가 할 수 있는 최선을 다하고자 노력했습니다. 하느님의 영광만 바라보았습니다. 진주를 품고 있는 조개와 같은 삶을 살고자 했습니다. 최 주교님과 한국외방선교수녀회·한국외방선교회를 소개하는 데도 많은 부분을 할애했습니다. 주교님과 수녀회·선교회에 관심과 성원을 아끼지 말아주시길 간청합니다.

아주 오래 전에 일어난 일들을 기억해내는 것이 좀 힘들었습니다. 그래서 책 내용에 부정확한 부분은 없는지 염려스럽기도 합니다. 혹여 그런 점이 발견되더라도 너른 마음으로 혜량해 주시길 부탁드립니다.

끝으로 선교회·수녀회 발전을 위해 같이 활동했던 형제님 자매님께 지면을 빌려 감사의 말씀을 드립니다. 회원들의 영육간 건강을 위해 계속 묵주기도를 바치겠습니다. 부활하신 주님의 평화와 축복이 늘 함께하기를 기도하면서….

2024년 부활주간에
서정심 마리아

부록 1

한국 천주교회 해외 선교 현황

부록

한국 천주교회 해외 선교 현황

최재선 주교가 1975년 한국외방선교회를 설립함으로써 한국 교회에 '해외 선교'라는 말이 처음 등장했다. 이에 따라 한국 교회는 2025년 '해외 선교'라는 말을 사용한 지 50주년이 되는 기념비적인 해를 맞는다.

한국 천주교 주교회의가 발간한 『한국 천주교회 통계 2022』에 따르면 2022년 12월 31일 현재 한국 교회가 선교사를 파견한 나라는 69개국으로, 대륙별로는 ▲아시아 21개국 ▲남아메리카 16개국 ▲유럽 13개국 ▲아프리카 12개국 ▲오세아니아 4개국 ▲북아메리카 3개국이다. 해외에서 활동하는 선교사는 총 1007명으로, ▲신부 244명 ▲ 수사 55명 ▲수녀 700명 ▲평신도 8명이다. 1007명 가운데 교구 소속(사제)은 114명이며, 수도회 소속은 885명이다.

2021년에 비해 선교 국가는 11개, 선교사는 108명이 줄어든 수치다. 특히 아프리카에서 8개국(라이베리아, 말라위, 모로코, 앙골라, 이집트, 중앙아프리카공화국, 케냐, 코트디부아르)이 줄었다. 선교 국가와 선교사 수가 감소한 것은 주로 코로나19 영향 때문이다. 코로나19 위기가 진정되면서 한국 교회의 해외 선교는 다시 활기를 띨 것으로 전망된다.

대륙별 선교 국가와 선교사 수는 다음과 같다.

† 아시아(21개국)

네팔(4명) 대만(28명) 동티모르(12명) 말레이시아(2명) 몽골(20명) 미얀마(26명) 방글라데시(16명) 베트남(112명) 우즈베키스탄(1명) 이스라엘(5명) 인도(15명) 인도네시아(52명) 일본(42명) 중국(48명) 중국(마카오, 5명) 중국(홍콩, 10명) 카자흐스탄(7명) 캄보디아(37명) 튀르키예(2명) 파키스탄(2명) 필리핀(105명)

† 남아메리카(16개국)

과테말라(11명) 도미니카공화국(1명) 베네수엘라(1명) 볼리비아(33명) 브라질(12명) 아르헨티나(12명) 아이티(6명) 에콰도르(17명) 온두라스(3명) 자메이카(2명) 칠레(10명) 콜롬비아(2명) 쿠바(3명) 파나마(6명) 파라과이(3명) 페루(36명)

† 유럽(13개국)

네덜란드(1명) 독일(3명) 러시아(3명) 바티칸(3명) 벨기에(3명) 불가리아(2명) 스페인(3명) 아일랜드(2명) 영국(3명) 오스트리아(4명) 이탈리아(36명) 포르투갈(3명) 프랑스(23명)

† 아프리카(12개국)

나미비아(3명) 남수단(3명) 남아프리카공화국(1명) 마다가스카르(1명) 모잠비크(9명) 세네갈(4명) 에티오피아(1명) 우간다(9명) 잠비아(51명) 짐바브웨(1명) 카메룬(1명) 탄자니아(6명)

† 오세아니아(4개국)

뉴질랜드(1명) 마셜제도(3명) 파푸아뉴기니(25명) 호주(5명)

† 북아메리카(3개국)

멕시코(44명) 미국(34명) 캐나다(5명)

부록 2

성경 로사리오에 따른 15 신비의 묵상

성경 로사리오에 따른 15 신비의 묵상

본문에 나오는 성경 구절은 예전 성경을 사용한 것이어서 현재 성경과는 다소 다르다는 점을 일러둔다.

– 순서 –

〈사도신경〉

〈주의 기도〉

〈성모송〉

〈영광송〉

〈파티마의 열망〉

(파티마의 열망 기도문-예수여, 우리 죄를 용서하시며, 우리를 지옥 불에서 구하시고, 연옥 영혼들 돌보시되 가장 버림받은 영혼을 돌보소서)

〈환희의 신비 1단〉 마리아 예수를 잉태하심을 묵상합시다.

〈주의 기도〉

① 하느님께서는 천사 가브리엘을 처녀에게 보냈다. 그 처녀의 이름은 마리아였다.(루카 1,26-27)

〈성모송〉

② 은총을 가득히 받은 이여, 기뻐하여라. 주께서 너와 함께 계신다. 너는 여인 중에 축복을 받았다.(루카 1,28)

〈성모송〉

③ 마리아는 몹시 당황하며 그 인사말이 무슨 뜻일까 하고 곰곰이 생각하였다.(루카 1,29)

〈성모송〉

④ 그러자 천사는 다시 "두려워하지 말라. 마리아, 너는 하느님의 은총을 받았다.(루카 1,30)

〈성모송〉

⑤ 이제 아기를 가져 아들을 낳을 터이니 이름을 예수라 하여라.(루카 1,31)

〈성모송〉

⑥ 그 아기는 위대한 분이 되어 지극히 높으신 하느님의 아들이라 불릴 것이다. 그리고 그의 나라는 끝이 없을 것이다."(루카 1,32-33)

〈성모송〉

⑦ 마리아가 천사께 "이 몸은 처녀입니다. 어떻게 그런 일이 있을 수 있겠습니까?"(루카 1,34)

〈성모송〉

⑧ 성령이 너에게 내려오시고 지극히 높으신 분의 힘이 감싸주실 것이다.(루카 1,35)

〈성모송〉

⑨ 그러므로 태어나실 그 거룩한 아기를 하느님의 아들이라 부르게 될 것이다.(루카 1,35)

〈성모송〉

⑩ 이 몸은 주님의 종입니다. 지금 말씀하신 대로 저에게 이루어지기를 바랍니다.(루카 1,38)

〈성모송〉, 〈영광송〉, 〈파티마의 열망〉

〈환희의 신비 2단〉 마리아 엘리사벳을 방문하심을 묵상합시다.

〈주의 기도〉

① 마리아는 길을 떠나 유다 산골에 한 동네를 찾아가서 즈가리아의 집에 들어가 엘리사벳에게 문안을 드렸다.(루카 1,39-40)

〈성모송〉

② 엘리사벳이 마리아의 문안을 받았을 때에 그의 뱃속에 든 아기가 뛰놀았다.(루카 1,41)

〈성모송〉

③ 엘리사벳은 큰소리로 외쳤다. "모든 여자들 가운데 가장 복되시며 태중의 아드님 또한 복되십니다.(루카 1,42)

〈성모송〉

④ 주님께서 약속하신 말씀이 꼭 이루어지리라 믿으셨으니 정녕 복되십니다."(루카 1,45)

〈성모송〉

⑤ 마리아는 "내 영혼이 주님을 찬양하며 내 구세주 하느님을 생각하는 기쁨에 이 마음 설렙니다. 주께서 여종의 비천한 신세를 돌보셨습니다.(루카 1,46-48)

〈성모송〉

⑥ 이제부터는 온 백성이 나를 복되다 하리니 전능하신 분께서 나에게 큰일을 해주신 덕분입니다.(루카 1,48-49)

〈성모송〉

⑦ 주님은 거룩하신 분, 주님을 두려워하는 이들에게는 대대로 자비를 베푸십니다.(루카 1,49-50)

〈성모송〉

⑧ 주님은 전능하신 팔을 펼치시어 마음이 교만한 자들을 흩으셨습니다.(루카 1,51)

〈성모송〉

⑨ 권세 있는 자들을 그 자리에서 내치시고 보잘것없는 이들을 높이셨습니다.(루카 1,52)

〈성모송〉

⑩ 배고픈 사람은 좋은 것으로 배불리시고 부요한 사람은 빈손으로 돌려 보내셨습니다.”(루카 1,53)

〈성모송〉, 〈영광송〉, 〈파티마의 열망〉

〈환희의 신비 3〉 마리아 예수를 낳으심을 묵상합시다.

〈주의 기도〉

① 그들이 베들레헴에 가 머물러 있는 동안 마리아는 달이 차서 아들을 낳았다.(루카 2,6)

〈성모송〉

② 드디어 첫 아들을 낳았다. 아기는 포대기에 쌌다.(루카 2,7)

〈성모송〉

③ 여관에는 그들이 머무를 방이 없었기 때문에 말구유에 눕혔다.(루카 2,7)

〈성모송〉

④ 그 근방 들에는 목자들이 밤을 세워가며 양떼를 지키고 있었다. 그런데 주님의 영광의 빛이 그들에게 두루 비치면서 주님의 천사가 나타났다.(루카 2,8-9)

〈성모송〉

⑤ "두려워하지 말라. 나는 너희에게 기쁜 소식을 전하러 왔다. 모든 백성들에게 큰 기쁨이 될 소식이다."(루카 2,10)

〈성모송〉

⑥ "오늘 밤 너희의 구세주께서 다윗의 고을에 나셨다. 그분은 바로 주님이신 그리스도이시다."(루카 2,11)

〈성모송〉

⑦ "하늘 높은 곳에는 하느님께 영광, 땅에서는 그가 사랑하시는 사람들에게 평화!"(루카 2,14)

〈성모송〉

⑧ 동방에서 박사들이 와서 그 집에 들어가 어머니 마리아와 함께 있는 아기를 보았다.(마태 2,1.11)

〈성모송〉

⑨ 엎드려 경배하고 보물 상자를 열어 황금과 유향과 몰약을 예물로 드렸다.(마태 2,11)

〈성모송〉

⑩ 마리아는 이 모든 일을 마음속 깊이 새겨 오래 간직하였

다.(루카 2,19)

〈성모송〉, 〈영광송〉, 〈파티마의 열망〉

〈환희의 신비 4〉 마리아 예수를 성전에 드리심을 묵상합시다.

〈주의 기도〉

① 모세가 정한 법대로 부모는 예수를 데리고 예루살렘으로 올라가 주님께 봉헌하였다.(루카 2,22)

〈성모송〉

② 그런데 예루살렘에는 시므온이라는 사람이 살고 있었다. 이 사람은 의롭고 경건하게 살면서 이스라엘의 구원을 기다리고 있었다.(루카 2,25)

〈성모송〉

③ 성령은 그에게 주님께서 약속하신 그리스도를 죽기 전에 꼭 보게 되리라고 알려 주셨던 것이다.(루카 2,26)

〈성모송〉

④ 부모는 어린 아기 예수를 성전에 데리고 왔다. 시므온은 그 아기를 두 팔에 받아 안고 하느님을 찬양하였다.(루카 2,27-28)

〈성모송〉

⑤ "주여, 이제는 말씀하신 대로 이 종은 편안히 눈감게 되었습

니다."(루카 2,29)

〈성모송〉

⑥ "주님의 구원을 제 눈으로 보았습니다. 만민에게 베푸신 구원을 보았습니다."(루카 2,30-31)

〈성모송〉

⑦ "그 구원은 이방인들에게는 주의 길을 밝히는 빛이 되고 주의 백성 이스라엘에게는 영광이 됩니다."(루카 2,32)

〈성모송〉

⑧ 시므온은 마리아에게 "이 아기는 수많은 이스라엘 백성을 넘어뜨리기도 하고 일으키기도 할 분이십니다. 이 아기는 많은 사람들의 반대를 받는 표적이 될 것입니다."(루카 2,34)

〈성모송〉

⑨ "당신의 마음은 예리한 칼에 찔리듯 아플 것입니다. 그러나 그는 반대자들의 숨은 생각을 드러나게 할 것입니다."(루카 2,35)

〈성모송〉

⑩ 나자렛으로 돌아와 아기는 날로 튼튼하게 자라면서 지혜가 풍부해지고 하느님의 은총을 받고 있었다.(루카 2,39-40)

〈성모송〉, 〈영광송〉, 〈파티마의 열망〉

〈환희의 신비 5〉 마리아 예수를 성전에서 찾으심을 묵상합시다.

〈주의 기도〉

① 예수가 열두 살이 되던 해에 명절을 지내러 예루살렘으로 올라갔다.(루카 2,42)

〈성모송〉

② 집으로 돌아올 때 어린 예수는 예루살렘에 그대로 남아 있었다. 그의 부모는 그런 줄도 몰랐다.(루카 2,43)

〈성모송〉

③ 그를 찾기 위하여 예루살렘으로 되돌아갔다. 사흘 만에 성전에서 그를 찾아냈다.(루카 2,45-46)

〈성모송〉

④ 예수는 학자들과 한 자리에 앉아 그들의 말을 듣기도 하고 묻기도 하는 중이었다.(루카 2,46)

〈성모송〉

⑤ 그리고 듣고 있던 사람들은 모두 그의 지능과 대답하는 품에 경탄하고 있었다.(루카 2,47)

〈성모송〉

⑥ "애야, 왜 이렇게 우리를 애태우느냐? 너를 찾느라고 아버지와 내가 얼마나 고생했는지 모른다."(루카 2,48)

〈성모송〉

⑦ "왜 나를 찾으셨습니까? 나는 내 아버지의 집에 있어야 할 줄

을 모르셨습니까?"(루카 2,49)

〈성모송〉

⑧ 그러나 부모는 아들이 한 말이 무슨 뜻인지 알아듣지 못하였다.(루카 2,50)

〈성모송〉

⑨ 예수는 부모를 따라 나자렛으로 돌아와 부모에게 순종하며 살았다.(루카 2,51)

〈성모송〉

⑩ 예수는 몸과 지혜가 날로 자라면서 하느님과 사람의 총애를 더욱 많이 받게 되었다.(루카 2,52)

〈성모송〉, 〈영광송〉, 〈파티마의 열망〉

〈고통의 신비 1〉 예수 우리를 위하여 피땀 흘리심을 묵상합시다.

〈주의 기도〉

① 예수께서 제자들과 함께 게쎄마니라는 곳에 가셨다. 그는 근심과 번민에 싸였다.(마태 26,36-37)

〈성모송〉

② "지금 내 마음이 괴로워 죽을 지경이니 너희는 여기 남아서 나와 같이 깨어 있어라."(마태 26,38)

〈성모송〉

③ 조금 앞으로 나아가 땅에 엎드려 기도하셨다.(마르 14,35)

〈성모송〉

④ "아버지, 아버지의 뜻에 어긋나는 일이 아니라면 이 잔을 저에게서 거두어 주십시오. 그러나 제 뜻대로 하지 마시고 아버지의 뜻대로 하십시오."(루카 22,42)

〈성모송〉

⑤ 이때에 하늘에서 내려온 한 천사가 그에게 나타나 힘을 북돋아 주었다.(루카 22,43)

〈성모송〉

⑥ 마음의 고통과 싸우면서도 굽히지 않고 더욱 열렬하게 기도하셨다.(루카 22,43)

〈성모송〉

⑦ 핏방울 같은 땀이 뚝뚝 흘러 땅에 떨어졌다.(루카 22,44)

〈성모송〉

⑧ 제자에게 돌아와 보시니 제자들은 자고 있었다. "너희는 나와 함께 단 한 시간도 깨어있을 수 없다는 말이냐?"(마태 26,40)

〈성모송〉

⑨ "유혹에 빠지지 않도록 깨어 기도하여라."(마태 26,41)

〈성모송〉

⑩ "마음은 간절하나 몸이 말을 듣지 않는구나!"(마태 16,41)

〈성모송〉, 〈영광송〉, 〈파티마의 열망〉

〈고통의 신비 2〉 예수 우리를 위하여 매 맞으심을 묵상합시다.

〈주의 기도〉
① 예수를 결박하여 빌라도에게 끌고 가 넘기었다. 빌라도는 예수께 "네가 유다인의 왕인가?" 하고 물었다.(마르 15,1-2)
〈성모송〉
② 예수께서는 이렇게 대답하셨다. "내 왕국은 이 세상 것이 아니다. 내가 왕이라고 네가 말했다."(요한 18,36-37)
〈성모송〉
③ 나는 오직 진리를 증언하려고 났으며 그 때문에 세상에 왔다. 진리 편에 선 사람은 내 말을 귀담아 듣는다.(요한 18,37)
〈성모송〉
④ 빌라도는 "나는 이 사람에게서 아무런 잘못도 찾아낼 수 없다. 그래서 나는 이 사람을 매질이나 해서 놓아줄 생각이다."(루카 23,4.16)
〈성모송〉
⑤ 빌라도는 예수를 데려다가 매질하게 하였다.(요한 19,1)
〈성모송〉
⑥ 사람들에게 멸시를 당하고 퇴박을 맞았다. 그는 고통을 겪고

병고를 아는 사람.(이사 53,3)

〈성모송〉

⑦ 도살장으로 끌려가는 어린양처럼 가만히 서서 결코 입을 열지 않았다.(이사 53,7)

〈성모송〉

⑧ 그를 찌른 것은 우리의 반역죄요 그를 으스러뜨린 것은 우리의 악행이었다.(이사 53,5)

〈성모송〉

⑨ 그는 우리가 받을 고통을 겪어 주었구나. 우리는 그가 천벌을 받을 줄로만 알았다.(이사 53,4)

〈성모송〉

⑩ 그 몸에 채찍을 맞음으로 우리를 성하게 해주었고, 그 몸에 상처를 입음으로 우리의 병을 주었도다.(이사 53,5)

〈성모송〉, 〈영광송〉, 〈파티마의 열망〉

〈고통의 신비 3〉 예수 우리를 위하여 가시관 쓰심을 묵상합시다.

〈주의 기도〉

① 병사들은 예수를 총독관저 뜰 안으로 끌고 들어가서 예수의 옷을 벗기고 자홍색 옷을 입혔다. (마르 15,16; 마태 27,28)

〈성모송〉

② 가시로 왕관을 엮어 머리에 씌우고 오른손에 갈대를 들리었다.(마태 27,29)

〈성모송〉

③ 그 앞에 무릎을 꿇고 "유다인의 왕 만세!" 하고 조롱하였다.(마태 27,29)

〈성모송〉

④ 그리고 그에게 침을 뱉으며 갈대를 빼앗아 머리를 때렸다.(마태 27,30)

〈성모송〉

⑤ 빌라도는 다시 밖으로 나와서 이렇게 말했다. "그를 너희 앞에 끌어내 오겠다. 내가 그에게서 아무런 혐의도 찾아내지 못했다는 것을 너희도 이제 보면 알 것이다."(요한 19,4)

〈성모송〉

⑥ 예수께서는 가시관을 머리에 쓰시고 자홍색 용포를 걸치시고 밖으로 나오셨다.(요한 19,5)

〈성모송〉

⑦ 빌라도는 사람들에게 "자, 이 사람이다." 하고 말하였다. 그들은 "십자가에 못 박아 죽이시오." 하고 외쳤다.(요한 19,5.15)

〈성모송〉

⑧ 빌라도가 "도대체 이 사람의 잘못이 무엇이냐?" 하고 물었다. 사람들은 더 악을 써 가며 "십자가에 못 박으시오." 하고 외

쳤다.(마르 15,14)

〈성모송〉

⑨ 빌라도가 "너희의 왕을 나더러 십자가형에 처하란 말이냐?" 하고 말하자 대사제들은 "우리의 왕은 카이사르밖에는 없습니다." 하고 대답하였다.(요한 19,15)

〈성모송〉

⑩ 빌라도는 군중을 만족시키려고 십자가형에 처하라고 내어 주었다.(마르 15,15)

〈성모송〉, 〈영광송〉, 〈파티마의 열망〉

〈고통의 신비 4〉 예수 우리를 위하여 십자가 지심을 묵상합시다.

〈주의 기도〉

① "나를 따르려는 사람은 누구든지 자기를 버릴 것이다."(루카 9,23)

〈성모송〉

② "매일 제 십자가를 지고 따라야 한다."(루카 9,23)

〈성모송〉

③ 예수께서는 몸소 십자가를 지시고 성 밖을 나가 히브리말로 골고타라는 곳으로 향하셨다.(요한 19,17)

<성모송>

④ 그들은 예수를 끌고 나가다가 시몬이라는 키레네 사람을 붙들어 십자가를 지우고 예수의 뒤를 따라가게 하였다.(루카 23,26)

<성모송>

⑤ "내 멍에를 메고 나에게 배워라."(마태 11,29)

<성모송>

⑥ "나는 마음이 온유하고 겸손하다."(마태 11,29)

<성모송>

⑦ "그러면 너희의 영혼이 안식을 얻을 것이다. 내 멍에는 편하고 내 짐은 가볍다."(마태 11,29-30)

<성모송>

⑧ 수많은 사람들이 예수를 뒤따랐는데 그 중에는 예수를 보고 가슴을 치며 통곡하는 여자들도 있었다.(루카 23,27)

<성모송>

⑨ 예수께서는 그 여자들을 돌아보시며 "예루살렘의 여인들아, 나를 위하여 울지 말고 너와 네 자녀들을 위하여 울어라."(루카 23,28)

<성모송>

⑩ 생나무가 이런 일을 당하거든 마른 나무야 오죽하겠느냐?(루카 23,31)

〈성모송〉, 〈영광송〉, 〈파티마의 열망〉

〈고통의 신비 5〉 예수 우리를 위하여 십자가에 못 박히심을 묵상합시다.

〈주의 기도〉

① 해골산이라는 곳에 이르러 사람들은 거기에서 예수를 십자가에 못 박았다.(루카 23,33)

〈성모송〉

② 예수께서는 "아버지, 저 사람들을 용서해주십시오. 그들은 자기가 하는 일을 모르고 있습니다."(루카 23,34)

〈성모송〉

③ 예수와 함께 십자가에 달린 죄수 중 하나가 "예수님께서 왕이 되어 오실 때 저를 꼭 기억하여 주십시오." 하고 간청하였다.(루카 23,39.42)

〈성모송〉

④ "오늘 네가 정녕 나와 함께 낙원에 들어가게 될 것이다."(루카 23,43)

〈성모송〉

⑤ 예수께서는 당신의 어머니와 그 곁에 서 있는 사랑하시는 제자를 보셨다.(요한 19,26)

〈성모송〉

⑥ 먼저 어머니에게 "어머니, 이 사람이 어머니의 아들입니다." 하시고 그 제자에게는 "이분이 네 어머니시다." 하고 말씀하셨다.(요한 19,26-27)

〈성모송〉

⑦ 이 때부터 그 제자는 마리아를 자기 집에 모셨다.(요한 19,27)

〈성모송〉

⑧ 태양마저 빛을 잃고 땅이 흔들리고 성전 휘장 한가운데가 찢어지며 두 쪽으로 갈라졌다.(루카 23,45)

〈성모송〉

⑨ 예수께서는 큰소리로 "아버지, 제 영혼을 아버지 손에 맡깁니다."(루카 23,46)

〈성모송〉

⑩ 고개를 떨어뜨리시며 숨을 거두셨다.(요한 19,30)

〈성모송〉, 〈영광송〉, 〈파티마의 열망〉

〈영광의 신비 1〉 예수 부활하심을 묵상합시다.

〈주의 기도〉

① 너희는 근심에 잠길지라도 그 근심은 기쁨으로 바뀔 것이다.(요한 16,20)

〈성모송〉

② 내가 다시 너희와 만나게 될 때 너희 마음은 기쁨에 넘칠 것이며 그 기쁨은 아무도 빼앗아 가지 못할 것이다.(요한 16,22)

〈성모송〉

③ 아직 동이 채 트기도 전에 그 여자들은 준비해 두었던 향료를 가지고 무덤으로 갔다.(루카 24,1)

〈성모송〉

④ 하늘에서 주의 천사가 내려와 그 돌을 굴러내고 그 위에 앉았다.(마태 28,2)

〈성모송〉

⑤ 무서워하지 말라. 너희는 십자가에 달리셨던 예수를 찾고 있을 것이다.(마태 28,5)

〈성모송〉

⑥ 그분은 여기 계시지 않고 다시 살아나셨다. 그분이 누우셨던 곳을 와서 보아라.(마태 28,6)

〈성모송〉

⑦ 당신들보다 먼저 갈릴래아로 가실 터이니 거기에서 그분을 뵙게 될 것이요.(마태 28,7)

〈성모송〉

⑧ 여자들은 무서우면서도 기쁨에 넘쳐서 무덤을 떠나 급히 달려갔다.(마태 28,8)

〈성모송〉

⑨ 나는 부활이요 생명이니 나를 믿는 사람은 죽더라도 살 것이다.(요한 11,25)

〈성모송〉

⑩ 살아서 나를 믿는 사람은 영원히 죽지 않을 것이다.(요한 11,26)

〈성모송〉, 〈영광송〉, 〈파티마의 열망〉

〈영광의 신비 2〉 예수 승천하심을 묵상합시다.

〈주의 기도〉

① 예수께서 그들을 베타니아 근처로 데리고 나가셔서 두 손을 들어 축복해주셨다.(루카 24,50)

〈성모송〉

② 예수께서는 "나는 하늘과 땅의 모든 권한을 받았다," 하고 말씀하셨다.(마태 28,18)

〈성모송〉

③ 그러므로 너희는 가서 이 세상 모든 사람들을 내 제자로 삼아라.(마태 28,19)

〈성모송〉

④ 아버지와 아들과 성령의 이름으로 그들에게 세례를 베풀어라.(마태 28,19)

〈성모송〉

⑤ 내가 너희에게 명한 모든 것을 지키도록 가르쳐라.(마태 28,20)

〈성모송〉

⑥ 믿고 세례를 받는 사람은 구원을 받을 것이다.(마르 16,16)

〈성모송〉

⑦ 믿지 않는 사람은 단죄를 받을 것이다.(마르 16,16)

〈성모송〉

⑧ 내가 세상 끝날 때까지 항상 너희와 함께 있겠다.(마태 28,20)

〈성모송〉

⑨ 이렇게 축복하시면서 그들을 떠나 하늘로 올라가셨다.(루카 24,51)

〈성모송〉

⑩ 예수께서는 승천하셔서 하느님 오른편에 앉으셨다.(마르 16,19)

〈성모송〉, 〈영광송〉, 〈파티마의 열망〉

〈영광의 신비 3〉 예수 성령을 보내심을 묵상합시다.

〈주의 기도〉

① 오순절이 되어 신도들이 모두 한곳에 모여 있었다.(사도 2,1)

〈성모송〉

② 갑자기 하늘에서 세찬 바람이 부는 듯한 소리가 들려오더니 그들이 앉아 있던 온 집안을 가득 채웠다.(사도 2,2)

〈성모송〉

③ 그러자 혀 같은 것들이 나타나 불길처럼 갈라지며 각 사람 위에 내렸다.(사도 2,3)

〈성모송〉

④ 그들의 마음은 성령으로 가득 차서 하느님께서 하신 일들을 말하기 시작하였다.(사도 2,4.11)

〈성모송〉

⑤ 그때 예루살렘에서는 세계 각국에서 온 경건한 유다인들이 살고 있었다.(사도 2,5)

〈성모송〉

⑥ 그때 베드로가 다른 열한 사도들과 함께 일어서서 군중을 보고 큰소리로 말했다.(사도 2,14)

〈성모송〉

⑦ 회개하고 세례를 받으시오. 그리하면 성령을 선물로 받게 될

것입니다.(사도 2,38)

〈성모송〉

⑧ 그들은 베드로의 말을 믿고 삼천 명이나 세례를 받았다.(사도 2,41)

〈성모송〉

⑨ 그리스도와 함께 고난을 받고 있으니 영광도 그와 함께 받을 것이 아닙니까?(로마 8,17)

〈성모송〉

⑩ 성령께서도 연약한 우리를 도와주십니다. 말로 다 할 수 없을 만큼 하느님께 간구해 주십니다.(로마 8,25)

〈성모송〉, 〈영광송〉, 〈파티마의 열망〉

〈영광의 신비 4〉 예수 마리아를 하늘에 불러올리심을 묵상합시다.

〈주의 기도〉

① 나의 귀여운 이여, 어서 일어나오, 나의 어여쁜 이여, 이리 나와요.(아가 2,10)

〈성모송〉

② 겨울은 지나가고 장마는 활짝 걷혔소.(아가 2,11)

〈성모송〉

③ 모습 좀 보여줘요. 목소리 좀 들려줘요. 그 고운 목소리를, 그 사랑스러운 모습을.(아가 2,14)

〈성모송〉

④ 하늘에 있는 하느님의 성전이 열리고 성전 안에 있는 하느님 계약의 궤가 나타났다.(묵시 11,19)

〈성모송〉

⑤ 하늘에는 큰 표징이 나타났으며 한 여자가 태양을 입고 나타났습니다.(묵시 12,1)

〈성모송〉

⑥ 달을 밟고 별이 열두 개 달린 월계관을 머리에 쓰고 나타났습니다.(묵시 12,1)

〈성모송〉

⑦ 호화스런 칠보로 단장한 공주여, 화사한 옷 걸쳐 입고 들러리 처녀들 거느리고 왕 앞으로 오라.(시편 45,13-14)

〈성모송〉

⑧ 당신은 이 세상 어느 여자보다도 지극히 높으신 하느님 앞에서 복 받은 여자입니다.(유딧 13,18)

〈성모송〉

⑨ 당신이 희망하던 일이 사람들의 마음에서 사라지지 않을 것이고, 그들은 하느님의 강한 힘을 길이 기억할 것입니다.(유딧 13,19)

〈성모송〉

⑩ 당신은 예루살렘의 영광이요, 이스라엘의 영예이며, 우리 민족의 자랑입니다.(유딧 15,9)

〈성모송〉, 〈영광송〉, 〈파티마의 열망〉

〈영광의 신비 5〉 예수 마리아에게 천상 모후의 관을 씌워주심을 묵상합시다.

〈주의 기도〉

① 이는 누구인가? 샛별처럼 반짝이는 눈, 보름달처럼 아름다운 얼굴, 햇볕처럼 맑고 별 떨기처럼 눈부시구나!(아가 6,10)

〈성모송〉

② 영광의 구름 속에서 빛나는 무지개와 같았으며 봄날의 장미꽃 같았다.(집회 50,7-8)

〈성모송〉

③ 나는 고작 사론에 핀 수선화, 산골짜기에 핀 나리꽃이랍니다.(아가 2,1)

〈성모송〉

④ 내가 앉는 자리는 구름 기둥이다. 나는 영원히 살 것이다.(집회 24,9)

〈성모송〉

⑤ 나를 원하는 사람들은 나에게로 와서 나의 열매를 배불리 먹어라.(집회 24,19)

〈성모송〉

⑥ 나는 포도나무의 어여쁜 첫 순처럼 돋아나고 나의 추억은 꿀보다 더 달다.(집회 24,17.20)

〈성모송〉

⑦ 아들들아, 내 말을 들어라. 그대로 따르면 지혜를 얻으리라.(잠언 8,32-33)

〈성모송〉

⑧ 내 집 문 앞에 지켜 서서 내 말을 듣는 사람은 복 받으리라.(잠언 8,34)

〈성모송〉

⑨ 날마다 내 집 문을 쳐다보고 내가 일러준 길을 따르면 복 받으리라.(잠언 8,33-34)

〈성모송〉

⑩ 천사들의 군대가 어전에서 영원히 기뻐하며 주의 위엄을 흠숭하오니, 우리도 한 소리 맞춰 함께 기뻐하며 찬미하게 하소서.(미사경본)

〈성모송〉, 〈영광송〉, 〈파티마의 열망〉

서정심(마리아) ㅣ 1933년 서울 종로 창신동에서 출생. 1956년 이문섭과 결혼 후 남편의 고향인 대구로 내려가 3남 1녀를 두었다. 시동생 이만섭 요셉(전 국회의장)의 권유로 1966년 대구대교구 주교좌 계산성당에서 가톨릭신자가 되었다. 1973년 다시 서울로 올라온 이후 최재선 주교를 도와 한국외방선교회·외방선교수녀회 후원회장직을 수행한 바 있다. 청담동성당, 잠실성당, 둔촌동성당 등에서 두루 봉사했고 현재 하남 미사강변성당에서 신앙생활을 이어 가고 있다.

사랑의 열매
지구촌에 사랑 심은 최재선 주교 이야기

교회 인가 ㅣ 2024년 5월 10일
초판 1쇄 인쇄 ㅣ 2024년 4월 20일
초판 1쇄 발행 ㅣ 2024년 4월 30일

지은이 ㅣ 서정심
펴낸이 ㅣ 김정동

펴낸곳 서교출판사
주소 서울시 마포구 성지길(합정동) 25-20 덕준빌딩 2층
전화 02-3142-1471(대) 팩스 02-6499-1471
이메일 seokyobook@gmail.com
블로그 http://blog.naver.com/seokyobooks
홈페이지 http://seokyobook.com
페이스북 @seokyobooks 인스타그램 @seokyobooks
ISBN 979-11-89729-89-9 (03800)

자서전·회고록·문집 등 출간 계획 있으신 분은 seokyobooks@naver.com으로 간략한 개요와 취지 등을 보내주세요. 출판의 길이 열립니다.